指尖花开

-01-

我家君上
能乘风

大鱼文化——编著

贵州出版集团
贵州人民出版社

图书在版编目（ＣＩＰ）数据

我家君上能乘风 / 大鱼文化编著. -- 贵阳 :贵州
人民出版社, 2016.9（2020.3重印）

ISBN 978-7-221-13544-5

Ⅰ.①我… Ⅱ.①大… Ⅲ.①短篇小说－小说
集－中国－当代 Ⅳ.①I247.7

中国版本图书馆CIP数据核字(2016)第229754号

我家君上能乘风

大鱼文化　编著

出 版 人　苏　桦
出版统筹　陈继光
选题策划　大鱼文化
责任编辑　张秋菊
流程编辑　黄蕙心
特约编辑　廖　妍　李文诗
装帧设计　Insect
内页设计　米　籽
封面绘制　长　乐
出版发行　贵州人民出版社（贵阳市观山湖区会展东路SOHO办公区A座
　　　　　邮编：550081）
印　　刷　三河市华东印刷有限公司
开　　本　880×1230毫米　1/32
字　　数　220千字
印　　张　8
版　　次　2016年12月第1版
印　　次　2016年12月第1次印刷
　　　　　2020年3月第2次印刷
书　　号　ISBN 978-7-221-13544-5
定　　价　42.00元

净世
JINGSHI

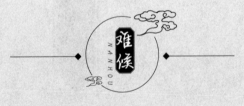

经典重温 JINGDIANCHONGWEN

我家君上能乘风

净世

JING SHI

她忘了，再多的情深却也抵不过王座的一角。

❖绯丽古堡夜❖

◆文/白泽　◇图/青玉

据说全球所有以"威廉"命名的古堡在世界地图上连成线后，居然组成了一句十分有意思的英文：

Dear,I wait for you in the past.（亲爱的，我在过去等你。）

秘密

当电视上各个频道正如火如荼地宣传威廉古堡的时候，苏浅正好买饮料中了欧洲十日游的旅游券，于是在抬眼瞧见哥特式古堡精致霸气的轮廓后，苏浅当下便毫不犹豫地确定了目的地——拥有世界上第一座威廉古堡的曼彻斯特。

飞机起飞的时间，是北京时间 00：00。

苏浅系好安全带，在空姐优雅亲切的声音中，缓缓进入了梦乡。

却不料，这一睡竟成了永眠。

威廉古堡

"快去叫萨麦尔大人，莉莉丝殿下的心脏开始有跳动的迹象了！"依旧还是混沌厚重的黑暗，却伴随着"哒哒"的脚步声逐渐化作清明。

"莉莉丝，你还打算装睡到什么时候？"似笑非笑的声音，带着三分慵懒的语调。

苏浅刚睁开眼，便瞧见了一个金发曳地，有着矢车菊般漂亮眸子的男人，端着一杯类似红酒的液体，弯着唇角看她。

"这是梦，这一定是梦……"

苏浅从床上一跳而起，却在落地的瞬间，惊恐地在对面的镜子里发现，自己居然已经完全变了一副模样！长及臀部的黑色长发，玫瑰红的眼眸，冷艳而妩媚……最关键的是，她居然有着与那王座之人，一模一样的苍白皮肤和吸血鬼般的尖利獠牙！

"莉莉丝，欢迎你回来。"被唤作萨麦尔的男人优雅地对她弯了弯唇角。

苏浅惊恐地看向他，随即想起镜中的自己，狠狠地去拔那两枚碍眼的獠牙……

"我知道你已经没了以前的记忆，可是我却不认为你在人间待了一段时间，便把自己同化成了人类。"

见苏浅并不理会，他顿了顿，又道："莉莉丝，你仔细想想，你在凡尘的时候，有过父母有过朋友有过关于成长的过往吗？"

仅此一句，便彻底让苏浅停止了折腾。

仔细想来，她似乎有记忆的时候，便已经是少女的模样，并且十多年来从未变过，她没有父母也没有朋友也没有任何记忆。

"欢迎回到威廉古堡。"王座上的男子朱唇轻启，矢车菊般的眸子散发着异样妖冶的光。

 出逃

自从住进威廉古堡之后，莉莉丝便开始重复循环地做梦。

梦里，不管在什么地方，她身旁都有一个白发少年的陪伴，有时候他们会一起跳舞，有时候他们会一起坐在一棵浑身闪耀着金光的树上看书，然而更多的时候，是她不断地坠落，那个少年站在云端撕心裂肺地呼唤着她的名字，莉莉丝……

梦里，有大片的阳光，繁花盛开，温暖如春。

莉莉丝。

如果这真的是她的名字，梦里的白发少年又是什么人？和她又有什么关系？

其实除去无论如何也不让她走出古堡这一点，萨麦尔待她是极好的，几乎达到了有求必应。知道她不愿意饮用人类的鲜血，便毫不犹豫地割开自己的双手延续她的生命。

只是白发少年日日夜夜纠缠在梦境之中，让她本来千头万绪的心中谜团更甚。

"必须出古堡才能找出真相。"像是有什么在指引着。

莉莉丝依旧每天顺从地乖乖吃饭、睡觉，闲余时间便跟着莫妮卡学习萨麦尔喜欢听的竖琴。

如此，过了一个月之久，萨麦尔终于对她降低了戒心，不再对她严加看管。

终于在一日他出去参加聚会的空当，她打晕了莫妮卡，换上了莫妮卡的衣服逃了出来。

四 该隐

入目之处一片似火的曼珠沙华，那人枕着双臂躺在花丛中，脸色比先前还要苍白一些，看也未看她一眼，便开口道："莫妮卡，我不是告诉你，不要在这个时候来找我吗。这里是莉莉丝的地方，你来这里她会不高兴的，这样我又怎样才能在梦里见到她呢？"

她看着眼前的这个少年，想起他在梦中一声一声唤着她的名字，凄凉哀婉，字字深情，可是她却一点也想不起关于他的一点一滴。

从古书上得知，她所处的这个地方是欧洲血族的专属领地，与人间相邻，却又互不干扰。而创造这个世界的人，是当初最接近神的少年，该隐。

书上印着他的照片，红唇白发，金绿色的双眸，不管从哪一个角度看过去，都有着惊心动魄的美丽，赫然便与她梦中看见的少年一模一样。

而此时这个少年正安安静静地躺在花丛里，美好得像一幅画。

她心中无来由地一酸，正想走上前去，便听他又道："莫妮卡，我已经没有多长时间了，你回去告诉萨麦尔，不用再处心积虑地往我的食物里面下毒了。让他继位的遗书我也已经写好了，上面都让血族那些长老盖好了印章，只要我一死，他便可以为王。所以，你可不可以让他解除结界让我到人间去看一眼莉莉丝，就只需一眼就可以了……"

话没说完，便剧烈地咳嗽了起来，脸色不红反白，看上去像极了一朵摇摇欲坠的花。

心脏好似猛地被人扼住一般，疼得喘不过气来，莉莉丝颤抖地伸出手，犹豫许久，终是忍不住上前轻轻拥抱了他："该隐，我回来了。"

"莉莉丝？"少年惊喜回头，原本枯寂的眼中瞬间亮若星辰，他伸出手紧紧地拥抱了她，然而，却又在下一秒，狠狠推开了她。

"不，莉莉丝，你不能靠近我。"那一推仿佛用尽了他所有的力气，他踉跄了几步，最后再度跌入花丛，"我很快便会死去，而萨麦尔，才是你最终的归宿。"

该隐中的毒，有一个很好听的名字，叫月下蔷薇。

从中毒开始，他每每饮下去的血液，便会在体内疯狂地掠夺他自己的血液。然后，为了续命，他便只有不断补充身体中的血液，如此循环反复，就算他是血族最高高在上的王，也终究会有衰竭的一天。

更何况，这份痛苦已经陪伴了他整整七百年。

 五 回归

之前怎样混进该隐城堡，莉莉丝压根儿就无需考虑。因为那个被她打晕的莫妮卡姑娘，除了是萨麦尔的养女以外，还有个身份便是该隐的贴身侍女，奉萨麦尔的命令监督该隐。

不管下毒是不是真的，她还是决定回来了。

回到威廉古堡的时候，萨麦尔穿着雪白的睡袍，赤着脚站在她房间的窗前看月亮，淡金的长发柔软地垂落到脚踝，俊美如神祇。

她以为他会有很多话质问她，毕竟她这么做也算对他的一种欺骗，但萨麦尔却只是淡淡地说了一句："饿了的话，便叫侍女给你弄些吃的。早些睡觉，你不是说想要去骑马吗？明天晚上我带你去。"

然后便再无多话，直接从她身边走了过去。

他对她的好，连新来的侍女都心知肚明。也正是因为这样，所以她犹豫许久，都不知道应不应该下手。

时间就这样一天天过去，就当莉莉丝正苦思怎样在不伤害萨麦尔的情况下，救回该隐并且化解他们矛盾的时候，该隐病危、萨麦尔即将继位的消息开始不胫而走，而与此同时，萨麦尔却在城堡里筹划一个空前巨大的宴会。

如此一经联合细想，莉莉丝便不由得心底发凉。

如果说起初莉莉丝确实因为萨麦尔对她的好，从而犹豫过，那如今，她便已经彻底确定了这一切都是萨麦尔的阴谋。若非是王位的更替，谁又会如此耗费心机地邀请各界名流全部来参加宴会？

"萨麦尔，你没有什么要对我说的吗？"

最后一次的询问，她想，不管外界如何谣言纷纷，只要他说没有，她便相信，哪怕是付出她自己的生命，她也愿意不惜一切去平息他们之间的干戈。

但很可惜，直到音乐的最后，他都只在她耳边轻声说过一句：

"莉莉丝，我知道，你是懂我的。"

只此一句，再无其他。

她牵起嘴角有些僵硬地笑着，最后终是将那杯早已准备多时的红酒，颤抖着送到了他的唇边。

　　该隐告诉她，要弄清解药真正藏匿的地方，最好的方法便是给敌人下一剂一模一样的毒药，这样萨麦尔为了保命自然会拿出解药。而那时，她再下手，已经中毒的萨麦尔则必无反抗之力。

　　"萨麦尔，为你即将到来的辉煌干杯。"

　　他看着她，蓝色的眼眸如天空般沉静，良久，他终于弯了弯唇角，毫不犹豫地接过她手中的红酒，一饮而尽。

　　直到嘴角流出鲜血缓缓倒下，直到所有的贵族开始仓皇逃跑，他方才艰难地咳嗽了一声，阖上眼道："莉莉丝，你终于还是将我忘记了。"

　　她俯下身，本想替他擦干唇角的鲜血，可谁知，却触到了他滑下的泪。

　　"那样，也好。"他低低地笑了一声，拿开了她的手，"带上你想要的解药，离开吧。"

　　那样灼热而苦涩的味道，有那么一瞬间几乎灼伤了她的灵魂。

　　为什么心会痛？为什么会跟着流泪？

　　她脚步踉跄地走出了城堡，心里是翻江倒海的剧痛。

　　王子跟公主幸福地生活在一起，那是童话。

　　王子利用公主，篡改了她的记忆，让她亲手伤害了挚爱，并且榨干她最后一点利用价值，那才是残酷的现实。

　　该隐喝下解药之后，命人将她扣押了下来，与此同时，行迹败露的莫妮卡，不仅没有趁机逃跑，反而带来了一把带血的匕首，并宣告了萨麦尔亲王叛乱，并将在今日中午被处以极刑的消息。

　　那是整个血族第一次所有人在白日参加的葬礼。

　　抬眼望去，除了刑台正中间的那人，其余皆是从头到脚都严实包裹的黑。

　　她手脚被束缚，在威廉古堡最高的王座，被该隐搂在怀中，亲眼看着那个把她视若珍宝的男人，一寸一寸，灰飞烟灭。

　　然后，她听见该隐说："噢，莉莉丝，忘了告诉你，萨麦尔可爱的养女莫妮卡，其实一直是我的人。谢谢你，在萨麦尔为你准备的婚礼上，帮我除掉了你的丈夫，我王位最大的威胁者。"

一直想寻找的记忆，终于在脑海清晰，破碎的梦境也逐渐串联成璧……

〈六〉冰山一样的人

她原是被上帝创造出来被指与圣子亚当为妻的阿克天使，却由于不喜亚当的是非不分拒绝嫁与他为妻，便被关押在了智慧树下跟着七大天使之一的萨麦尔洗涤心灵、忏悔罪过。

那时的萨麦尔眉眼还是少年般纤细秀美的模样，因聪慧过人便极受上帝的宠爱，经常被委以重任，有与上帝同行的殊荣。也正是因为这样，所以才被众多十分努力但却资质平庸、进阶艰难的天使所嫉妒。

但不管别人怎样愤怒或者侮辱，他都始终谦和地微笑着。

因为漠然，所以慈悲吗？她渐渐开始好奇他眼里出现涟漪的模样，为此经常出现在他身边晃荡，甚至在他看书的时候，也会捧着一本相同的书在旁边与他搭话。

"萨麦尔，既然《天国法典》是由你编写的，那你能不能把违背上帝旨意便终身流放智慧树这一条改一改啊？"

见少年不理她，莉莉丝顿了顿，又颇有些不怀好意道："我听说你官居宰相，那为什么每日都这么悠闲地来这里看书呢？是不是因为这里有我？嗯，就算你看上了本姑娘，本姑娘也不会接受你的。"

"……"

不管她怎样想方设法地想引起他的注意，他都像冰山一样岿然不动。

十年时光一晃而过，当她以为今生今世都不会看见萨麦尔会有情绪波动的时候，心灰意冷的她才终于决定不再继续。

那一天，她在智慧树的另一边从早睡到了晚，却不曾想黄昏睁眼的时候，却看见萨麦尔居然捧着书本也睡在她旁边。见她醒来，萨麦尔用有些委屈的目光看着她道："你今天怎么不来陪我看书了？"

她先是一愣，而后有些不敢置信地瞪大了眼，颤声道："你，你是在对我说话？"

少年含笑点了点头，矢车菊般漂亮的眸子里盛满了璀璨的光："习惯真是一件可怕的东西，以往你在旁边的时候，我总觉得聒噪，但是你不在了，我却总觉得少了点什么，一整天都没办法静下心来看书。"

"喂。"莉莉丝挑眉，想要故作生气，唇边却忍不住露出些许欣喜的笑意，"想要我陪你看书就直说嘛，真是讨厌。"

当时凡人并没有创造爱情这个字眼，所以莉莉丝并不知道她对萨麦尔是什么样的感情，只记得，他开心，她便比他更开心；他伤心，她便比他更伤心。

但彼时她却忘了，萨麦尔不仅是那个百合般淡然的少年，亦是天堂权力中心的所在。她忘了，再多的情深却也抵不过王座的一角。

七 大战

他与大天使长加百列举行婚礼的时候，她正在忍着满手被烫伤的疼痛为他做最喜欢的苹果派，如往常一般等待着他的忙碌归来。

她从清晨等到了黄昏，从苹果派的温热等到了它的冰凉，甚至到上帝已经将她彻底遗忘，娶了亚当的肋骨给他创造了妻子，并且孕育出了第一个神之子该隐，她的萨麦尔依旧在天堂活跃，再也没有来过智慧树的上空。

他就这样消失在她的生命中，再也不要她了，甚至关于理由都是从其他人的冷嘲热讽中知道，上帝对他已经猜忌，他必须要巩固天国的地位，唯有加百列的美丽与智慧，才有足够的资格与他比肩。

日子一样在继续，但压抑却逐步逼近，只因朝贡之时，该隐拒绝听从上帝的安排，成了继她之后第二个被放逐智慧树的罪人。

那个有着水仙般美丽，却又如罂粟般残忍的少年，划破暗夜向她走来，弯了弯唇角问她："萨麦尔是个危险的男人，他最终要么成神称霸天堂，要么成魔坠入地狱。而我，便会在那时助他一臂之力。你是留在天堂还是愿意随我们一起？"

她是被上帝亲手创造出的天使，没有谁比她更清楚上帝真正的实力究竟有多么可怕，就算整个天堂全部背叛，他也可以在毁灭之后让万物重生。

她心中极端惶恐，她告诉该隐，那一战，他们绝没有胜算，可是他却无动于衷。

战争在黄昏打响，她尝试了无数的方法都没能飞出智慧树的边缘，最后万般无奈之下，只好忍住剧痛拔掉了背后的翅膀，以上帝赐予的生命之血为路，终于走出了这个囚禁她多年的牢笼。

然而当她终于到达最顶端的时候，世界已经万籁俱静，上帝以绝对胜利的姿态浮在云端，而萨麦尔和该隐却愤怒而不甘地打算最后一击。

"不要！"

她知道他不需要她，也知道他的剧本里除了野心，根本再没有一丝一毫她的存在。

可是她却在最后一刻，替他挡住了上帝所有的愤怒。

她看见自己的身体被一道白光所贯穿，世间所有痛苦瞬间袭来，她听到地狱在耳边呼啸，她看见萨麦尔奋不顾身地扑来，最后却被该隐在悬崖边上紧紧抓住。

"你为什么要告诉她！"

"呵，没有她，我们又怎么才能躲过上帝的致命一击？萨麦尔，你知道的，她那么爱你……"

闭眼的最后，她看见萨麦尔眼角有大滴晶莹的泪缓缓滑落，顷刻消散于阳光中。

八 在过去等你

那场挑战神的战斗最后，该隐和萨麦尔没有死，却承受了世间最残忍的诅咒，非神非人，长生不老，被神所抛弃，只能饮血为生，不被任何一个地方所容纳。

为了保存她的身体，萨麦尔咬了她的脖子，给她饮下了他的血液，让她不至于烟消云散。

为了让她的灵魂重新凝聚，不得已之下，他将她送入人间。

彼时，由于饥饿和增强实力的需要，他们已经在天堂与地狱之间，重新开辟了一片只属于血族的乐园。

接下来便应当是意料之中的王位争夺，可让众人大吃一惊的是，萨麦尔居然放弃了王位，成就了该隐。

表面上合家欢喜，但背地里只有处于高位的两人知晓，他们之间已经因为那个女人的离去埋下了间隙。

为了莉莉丝再次归来时的安好，萨麦尔借莫妮卡之手对该隐下了月下蔷薇的毒；而该隐也为了巩固他的王位，又借莫妮卡给莉莉丝演了一出深情款款的戏，让她以为他便是她凌乱记忆中唯一的静好，然后反利用她之手，除去了萨麦尔。

他们都知道她会回来，也都在等待着她的归来。

一个为了王位，一个为了相守。

她忘记了她最不应该忘记的人，然后亲手让他喝下了最致命的毒。

他在等她，等了那么多年，为了保护她做尽了一切，但她却一直为了该隐伤害他，最后还亲手埋葬了他。

"莉莉丝，从你救我开始，便已经住进了我心里。可是我也明白，你一直那样爱他，如果他不死去，我将永远没有办法得到你的心。"

"莉莉丝，听话，不要过去。"

她的脚，离温暖的光还有一步之遥，该隐在她身后小心翼翼地祈求，连声音都在颤抖。

是真心还是假意，对她来说都已经不重要了。

她爱的，永远都是记忆中给予她最多温暖的少年。

左手已经没入了阳光，她回头对他轻轻一笑："该隐，你再也不能利用我了。"

　　前面便是萨麦尔消散的地方,她张开双臂,毫不犹豫地走进了那片光明。

　　她想起了威廉古堡的字,亲爱的,我在过去等你。

　　然后,这次她终于可以在心里微笑着答:萨麦尔,我来了,这次我们永不分离。

我连死都不怕，还怕众叛亲离吗？我只怕你受委屈。

◈ 罗密狼与朱丽巫 ◈

◆文/尚方宝剑　◇图/DAZUI

一 是谁煮了我的羊

我刚回到家，就发现我那只毛茸茸的小绵羊不见了。

啊，不对！

我寻着寻着来到厨房，往垃圾篓一看，发现里头竟放了羊骨头，没错，就是羊骨头！

我的心凉了半截儿，是谁下的毒手？

幸好我是水晶球控，家里的水晶球几乎遍布每个角落，我念了一个咒语，水晶球马上还原了事实的真相：一个男人把我的小绵羊拖进厨房，他不止吃了我的宠物羊，还把我冰箱里剩下的最后一瓶牛奶喝了！

这男人是通过我家的阳台走进来的，我留意到那男人脖颈后的标志，是个橄榄色的六角符号……

他是狼人！

早有耳闻近来狼族在闹饥荒，不少狼人饥不择食改吃素，怎奈祸不单行，这波拉波拉山上的绿植似乎不怎么适合充饥，据说吃过绿植的狼人均死于非命。

岂有此理，再饿也不能吃我的小绵羊！

我跳上青霄车，沿着天空的灰色轨道往波拉波拉山飞速而去。

黄昏早已落幕，波拉波拉山雾霭蔽天，我不禁生起一丝寒意。

"嗷呜——"

狼嚎悠长凄厉，我谨慎地把头探出青霄车，下方布满了密密麻麻的枫叶，我的视线根本无法触到地面。

该死的。

我咬了咬牙，向外洒出一掌心的粉末，它们化成蓝色光焰照亮了我的视线。

我当场怔住了。

一只狼不知何时已经跃上了车顶，他的尾巴自车顶垂落，一下一下地轻轻在车侧打着节拍。

"纱岚，你想为你的羊报仇？"

我只闻其声不见其人："你……你不要压坏我的车！"

那家伙冷冷笑了一声："狼族的人已经发现了你，趁着他们没有空找你麻烦，我建议你最好跟我走，否则的话，他们不介意吃人。"

"我……我可不是人！"我是女巫！

那厮冷笑一声："你以为你长得可爱，他们就会把你带回狼穴供奉起来？"

"……"

"我要下来了，你做好准备见我了吗？"

"没有！你不要下来！"

他笑了。

我哭了，其实我胆子不是很大。

他跃了下来，单手扶着车顶，另一只手拉开了车门，一张我曾经在玻璃球里见过的妖冶的脸随即映入眼帘。

他向我伸出了手："纱岚，我还以为以貌取人是人类的专利，你作为一个女巫竟也这么浅薄。"

"……"

"过来，再不走就来不及了。"他伸手把我拉进了怀里。

"我可以自己驾车回去！你先放开我！"

他搂着我腰肢的手收得更紧，掐得我生出一阵疼痛："你的车太招摇，我不想血族的人发现你今晚来过这里。"

血族的人？吸血鬼跑来狼族的地盘要干什么？

难道……今晚这里会有战火发生？

那男人紧搂着我，朝我家的方向逃去，一路上，他俯在我耳际避重就轻地道："对不起，我实在饿昏了头，山上的草又不能吃，正好经过你家，就顺手牵羊了。"

我余怒未消，横他一眼："山上的草不能吃你也不能吃我的羊，你们能集体吃素，就能集体改行做渔夫，出海钓鱼。"

他浅笑道："我们水性不好，不过我们很快就要离开波拉波拉山了，血族和我们将有一场恶战，他们在山上投了毒，所以我们狼族才会突然死这么多人。"

我听后不禁一怔，我早有耳闻最近血族和狼族之间关系微妙风云暗涌，可我不曾料想到战争的号角已经吹响了。

这时，我听到身后方响起了轻微的搏斗声，我正欲回头，那男人及时把手伸过来，掩住了我的眼。

"不要看。"他轻声道。

良久，我问："你怎么会知道我是谁？"

"我参观过你家，你的卧室墙上贴了不少奖状和你的自拍照。"

我："……"

 画地为牢

他驾轻就熟地把我送回家。

我向他挥了挥手，准备对他说一句"快走不送"，彼时我家灯火通明，我一下便注意到他正在出血的腹部。

我不禁皱起了眉，刚才在回来的路上明明没有追兵，他怎么会……

我还没回过神来，他已经在我眼前倒下了。

那只狼人霸占了我的床，整整昏迷了三天，根据他的伤口，我判断他曾经和血族有过搏斗，并且就是在他蹿进我家门那天。

他终于醒了，我松口气，道："这三天，你的族人已经开始陆陆续续地离开波拉波拉山了。"

那只狼人板起脸："给我吃的，我很饿。"

我："……"

"快点，不然我就吃了你。"

受了伤竟还这么凶残，不愧是白眼狼！

我端着瓷碗重新回到他身边，里头盛着补血的药。

巫族和狼族向来井水不犯河水，我们虽算不上朋友，可也不是敌人，我救他并不算违背祖训。

他药还没喝精光，我家忽然吹起了一阵不同寻常的风。

我嗅到了血腥味。

我机警地瞥了那只狼人一眼："风靡，狼族王子。当初怪我眼拙，没有仔细看你颈脖后的符号，现在我知道你是谁了，可我的麻烦也来了。"

我话音一落，血族的人便来了，一来来六个，真是太给我面子了。

我看了看窗外，今天为什么要下雨啊！

我画地为牢，在我的卧室画出一个胡蒜阵。

"快把药喝了，等下我打不过人家还能逃走。"我回头冷冷叮嘱。

他淡定喝药，好像圈外正在张牙舞爪的六只吸血鬼是来找我玩的一样。

"辛苦你了。"那只白眼狼向我抛了一个媚眼。

我在地上画出一个"十"字，拿着镜子，企图借助阴天仅有的白光反射到那六只吸血鬼身上。

无效。

我不敢表露出沮丧。

一只长发吸血鬼对我露齿一笑，露出两颗尖锐的獠牙，他道："纱岚，你们巫族干预外族之战，不怕遭灭顶之灾？"

我据理力争："我没有干预战事，我只是在回家的路上救了一只禽兽而已，等他伤好了，你们可以找个没有人的地方单打独斗，而不是跑来我家，六个欺负两个，算什么！"

我身后那只狼不停地咳嗽。

那六只吸血鬼暂时还走不进我的胡蒜阵，可如果他们有足够的耐心，待三小时后法阵的法力消失，他们吸我的血轻而易举。

彼时，风靡已经喝完了药，他凑过来，在我耳边耳语了几句。我纠结了一阵，才勉强接受他的鬼点子。

我搜出抽屉里的火柴盒，这还是我夏天点蚊香用剩的。

我沉沉地舒口气，背过身划亮火柴，然后趁其不备，把燃着火苗的火柴往胡蒜阵外用力一掷……

血族怕火。

我命中目标，那只长发吸血鬼中招了，可我的家也起火了。

风靡说，他们定是追寻那晚他在路上滴下的血迹找上门的，我家是再也不能住了。

除非，我想天天和吸血鬼谈人生。

我一点也不想。

三 擒贼先擒王

逼走了吸血鬼，我带着一只半伤不死的狼人逃之夭夭。

血族的人定不会料想到，我和风靡竟已深入到欧洲，不日即将抵达德拉库拉的古堡。

德拉库拉是吸血鬼的鼻祖，他在五百年前退隐，但他之所以低调，是因为他随时都可以高调，他在血族只手遮天了数个世纪。

数百年来血族和狼人一直是死对头，最近波拉波拉山一带食草中毒的狼人不计其数，极有可能是血族所为，为了阻止血族继续投毒，我们只好兵行险招，擒贼先擒王了。

我们较之德拉库拉有一个优势，我们不怕日光，但当我和风靡爬上古堡所在的山丘时，才发现古堡根本不设窗户这种人性化的配置。

也就是说，我们占不了便宜，必须要来一场货真价实的较量。

我带着满腹埋怨，扭头瞥了风靡一眼："现在怎么办，一到晚上，我估计他就会出来放风，顺便找点吃的，我们不可能赶在黄昏前下山，现在我们很危险，分分钟受死。"

风靡临危不乱，拉起我的手，带我绕到古堡后方，我们找到一片小树林暂时隐藏起来。

我摸着肚皮，饿了："我们来得不是时候，我现在又累又饿，战斗力所剩无几。"

风靡笑道："我知道，我们今晚要在古堡外露宿一晚，现在，我们要做的，就是这一夜平安无事，不被发现。"

这真是太高难度了。

传说德拉库拉百年如一日，每晚都要到古堡外头散散心，找几只不怕死的生物吸上几口提提神，我们居然胆大包天在他古堡外露营，简直不知天高地厚。

风靡放下背包，气定神闲地从里头掏出一大堆蒜头。

他竟随身带着这么多蒜头！

我不禁侧目，他回过头来白我一眼，然后从塑料袋里拿出一个蒜头递给我："不是饿了吗，快吃。"

"……"

我居然要吃蒜头充饥？

我一时放不下身段，不肯伸手去接。

风靡挑了挑眉，不急不缓地道："纱岚，生死关头不要挑食，等下德拉库拉飞出来找你聊天，你打不过人家至少还有力气逃跑。"

"……"

风靡把蒜头送到我眼前："想通了没？到底要不要吃？"

吃就吃，谁怕谁！

我伸手抢过，正要咬一口，风靡忽而扼住我的腕，他倾身过来，印上了我的唇……

我方寸大乱。

顷刻，他松开我，笑道："我要记住你的香气，等下你吃了蒜头以后，就会臭了，真可惜啊。"

我面红耳赤："你横竖是要带吃的，为什么不带点面包、热狗之类的？居然只带蒜头，一点想象力都没有！"

我趁机别过脸，避开了他灼灼的眸光。

风靡以身试法咬下一口蒜头，言之凿凿道："万一今晚德拉库拉真的找上门，我们吃了这些蒜头，打不过他也能熏死他，对不对？所以说，你要尽可能地多吃，千万不要犹豫。"

嗯，我觉得，他说得对。

《四》女校男生

夜色降临，我监视着古堡，身体止不住地瑟瑟发抖。

风靡紧搂着我，安慰道："过去这么多年了，你还是那么胆小。"

我不服气："我胆小？换个词羞辱我。"

他频频点头："嗯嗯，还是那么嘴硬，跟初中的时候一模一样。"

我怔了怔，不解地问："初中？"

他佯装恼怒道："你记不记得九年前，你在女巫中学读初二的时候，你们班来了一个插班生，男生。"

我当然没有忘记那个男生，那男生的妈妈不是普通人，是我们巫族的领袖人物之一，所以学校才会破例收了他。

他在女巫中学特别吃香，我们女生都事事让着他，谁叫那时僧多肉少呢，偏偏我和他八字不合，他总是捉弄我，每天放学还要一路尾随到我家门口，难缠得不行。

后来不知道发生了什么事，那男生再没有出现。他这样突然人间蒸发，我甚至怀疑，他是否真的存在过。

我回过神，诧异地问："你认识那个男生？"

他笑笑："不巧，那难缠的男生正是在下。"

"不可能！"

狼人怎么能进我们巫族的中学？这绝对不可能，那男生的妈妈，明明是我们巫族的……

"如果，我是混血儿呢？"

我讶异："啊？"

"我妈妈是女巫，她偷偷产下了我。那年，她送我到你们中学学习巫术，后来因为我爸去世，我妈参加了我爸的葬礼，我是狼人的秘密才被揭破，我妈妈被逐出巫族的族门，因为她与狼人通婚。"

信息量太大，我一时难以消化。

风靡紧拉着我的手，声音低沉地传来："纱岚，那天因为受伤，我又实在太饿，所以吃了你的羊。后来我到你卧室参观时，发现那竟是你的家，我真有种如获至宝的感觉，快过去九年了，我竟然又遇见你了，但是，我是狼人。"

"你是你。"我纠正道，"而且，我早就知道你是狼人了，不是吗？"

我只是想告诉他我不是种族主义者而已，没有别的意思，绝对没有。

五 十尧阵

到了深夜，古堡上有大量蝙蝠涌出，我的心顿时凉了半截，这可不是好预兆。

风靡和我猫着腰埋没在灌木丛中，我们一步一步往古堡的侧面爬去。

我专注凝望夜空，终于看清空中那抹披着黑色披风的身影。

我终于见到了德拉库拉。

风靡脸色一沉，压着嗓音道："你看到了吗，他出门迎接巫族的人。"

我放眼眺望世界的尽头，遥远的夜空有两个圆点在渐渐逼近，那是属于我们巫族所有的，两辆青霄车！

是谁，竟背叛族人，与血族勾结。

由于事出突然，我们没有轻举妄动，我不知不觉在风靡怀里睡着了。当我蒙眬转醒时，已然天亮。

我感到周遭一切都不对。

我坐直身子，眼珠子转了一圈，风靡呢？！

这时我注意到，我的胸前挂着一个十字架，而我正处于十尧阵的中央。

十尧阵状似十字，乃血族之克星。

风靡想必是继承了他母上大人的拿手好戏，巫界之人没有一定造诣根本修炼不成十尧阵。

一张字条被压在一只蒜头底下。

【纱岚，谢谢你陪我到这里，我没有遗憾了。德拉库拉是我杀父仇人，我必诛之。纱岚，你必须要在十尧阵的法力消失前离开，那个十字架，是我爸爸留给我的遗物，希望它可以护你平安到家。昨天我吻了你，我记住了你的味道，下辈子，我一定会找到你。】

我一边读字条，一边把剩下的那只蒜头吃了当早餐，然后我把那字条揉成一团，毫不留恋地扔到地上。

哼，风靡，不必等到下辈子，本小姐现在就约你！

〈六〉德拉库拉伯爵

德拉库拉这老不死的不给古堡设窗户不要紧，他总需要有门出来吧，我驾着青霄车从天而降，对准他古堡正门一鼓作气撞了过去。

四周发出末日般的一声巨响，我的青霄车和古堡那堵厚实的门两败俱伤，门破了，我的车也毁了，我被甩到了古堡空旷的前厅。

我趴在地上，额上的血滴了下来。

古堡突然响起这么大动静，德拉库拉没理由不出洞。

我极力让自己冷静下来，嗅着古堡里混浊的空气，空气里夹杂着一股

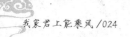

令人压抑的血腥味……

我猛然抬头，只见古堡上方那顶古老的欧式吊灯上，坐着一个人……

不不不，那是一只吸血鬼……

我倒抽一口冷气，这是传说中的德拉库拉？！

他看起来哪有五百高龄，明明就是小年轻好不好！

他森然咧嘴一笑，那一对招牌獠牙真是瘆人。

我攥紧拳头，还是先礼后兵好了："伯爵先生？你最近有没有见过一只狼人？"

"你怎么会来古堡找狼人？住在这里的只有吸血鬼。"德拉库拉转瞬到了我面前，他双眸透着嗜血的精芒，眼巴巴地盯着我额上尚未风干的血迹。

他居然对我打起了坏主意？

我忙不迭用手捂住伤口。

他脸色煞白，五官精致得很，无可否认他是一只绝色吸血鬼。

"你是纱岚对不对？"他的声线不带任何情感起伏，"听说，你是百年来巫界最红最年轻的通缉犯？你是女巫，怎么能和狼人做朋友？"

风靡生死未卜，我实在没有多少耐心与他周旋："伯爵先生，你一定见过他，你的披风有被撕裂的痕迹，显然在不久前，你有过一场恶战，他……被你伤了吗？"

我下意识后退一步，德拉库拉一动不动，大概是因为我先前吃过蒜头，他不太喜欢我说话时飘出的那股味道。他脸色阴沉，两眸虎视眈眈。

我终于被他脸上的残忍击倒了，绝望地放声呐喊："风靡！"

我的双眸涌出两行清泪。

德拉库拉披风一扬把我纳入怀里，仅在刹那，我听见一声狼吼划破四周寂静。

七 月牙痕

一只超巨型拉尔萨斯狼以排山倒海之势扑了过来，冲散了我和德拉库拉之间的亲密距离。

大敌当前，那只狼也不趁热打铁扑过去一口咬死德拉库拉，相反，他瞪着我，发出几声震耳欲聋的怒吼。

"别吃醋了。"我破涕为笑。

他还活着。

风靡还活着。

我认得那双眼睛。

"我爱你。"

他深情凝视我，说完那句话以后，他转过身去，把我护在狼躯之后，他与德拉库拉怒目对峙僵持不下。一时间，我仿佛看到狼人与血族站成了两个世界。

"德拉库拉，你不该唆使巫族的人往波拉波拉山投毒。"

话音一落，风靡便先发制人，率先发动了进攻。

我当场愣住了，毒杀狼族将近千人的竟是我巫族？

我想起昨晚那两辆出现在夜空的青霄车。

巫渣！

要不是眼下我要守护风靡，我早去寻那两人决一死战。

"念血封咒。"风靡头也不回地道。

我皱了皱眉，来不及细问，听令坐地念咒。

自古以来，我是巫族仅能通关练成血封咒的第二十七人。

咒起，德拉库拉竟会出现那种人类窒息时常有的痛苦表情。

难道……他吸了巫族的血？

不然怎会中我的血封咒？

我想起那两个巫渣。

嘀，恶人自有恶人磨。

我挽起袖子，我的肘关节上有一道状似月牙的疤痕，那是血封咒练成之时特有的标志。

我用两指按上月牙痕，我开始生痛，德拉库拉帅气的面部表情变得更扭曲，他比我痛苦百倍，连眼睛都无法睁开。

风靡移形换影，转眼又是风度翩翩，他走过去，在德拉库拉倒下的位置画出十尧阵。

德拉库拉躲得过日光，却逃不过被钉死在十尧阵的宿命。

我们赢了。

我抬起头，风靡不知何时又变成一只狼，此刻他在我眼前，低头嗅着我的头发。

我不禁莞尔。

"笑什么？"风靡以一只狼的状态叹了口气，继而懊恼道，"我忘了你巫术高强，普通迷药迷不倒你。"

"……"

他居然往蒜头里放迷药？！

"你不怕死，居然一个人跑来古堡？"我追究道。

他浅浅一笑："我来得很是时候，那时德拉库拉正和你大巫族的两个叛徒有说有笑，在德拉库拉获悉她们已经投毒再没有利用价值了以后，把她们当早餐解决了。"

那时，我估计正在古堡之外吃蒜头。

"他真狠！"我不禁咬牙切齿，"她们为他不惜欺师灭祖，他却辣手摧花。"

风靡以一只狼的状态耸了耸肩："她们经受不住德拉库拉的美色，所以误入歧途了。"

"……"

我们一时相对无言。

良久，他止不住地叹息："纱岚，种族不同怎么相爱？可我偏偏身陷囹圄，明知不可为，却败给了你，心不由己。"

我会意一笑，低头徐徐贴上他的胸膛："如果我愿意承担一切后果，你是不是也会义无反顾？"

他握着我的手："我连死都不怕，还怕众叛亲离吗？我只怕你受委屈。"

我紧了紧掌心，与他十指相扣："失去你我更会委屈一辈子的。"

"快到了，我自己进城。"我对风靡道。

"投毒门"事件因巫族的叛变者从中作梗，我认为有必要回麦斯城一趟向我的族人交代清楚。

我不怕孤身一人面对族人的冷眼，却不忍让风靡受我族人的冷眼和攻击。

巫族与狼族井水不犯河水，谁也不欢迎谁。

风靡偏是一副观光的好心情："放心，我早有心理准备。"

我咬咬牙，牵着他的手向着麦斯城徐徐靠近。

城门在我身后"轰"的一声关上，我的手一紧，眼睁睁地看着我的族人从四周围堵过来。

风靡还是那么气定神闲："要是他们想不开把我关起来了，你不要急着放我出去，每晚偷偷来见我一面，顺便给我带点吃的就可以了。"

我瞪他一眼，没好气道："都什么时候了还开玩笑。"

彼时，祭司穿过水泄不通的人墙来到我面前，冷声道："纱岚，你已经被驱逐出巫族了，如今带着狼族的人回来，是视我巫族的族规如粪土吗？"

"祭司大人，我巫族与血族勾结，参与了波拉波拉山的投毒事件，致使狼族死伤惨重。我今天带风靡归来，是为了让他能从你这里至少领一句'对不起'回去复命，不然在不久的将来，恐怕干戈又起，到时候巫族绝不能置身事外，至于我的过错，我甘愿受罚，请不要为难……他。"

祭司大人皱了皱眉，视线不停地在我和风靡之间左右徘徊："纱岚，你口口声声说巫族与血族勾结，我却不记得有这回事，你可有证据？"

"有。"我答得铿锵。

"哦？在哪里？"

我不急不躁道："德拉库拉的古堡后方，有两座坟，只要祭司大人派人前往考察，便能探个究竟了，我口说无凭，但死者是我巫族的人，她们颈脖上留有德拉库拉的牙印，依你看，她们怎么会出现在古堡呢？"

不出三天，祭司大人便根据我的提示彻查了事情的始末，风靡和我从暗无天日的地牢被押送到祭司殿。

祭司大人亲自将风靡松了绑，视线有意无意地扫过我的脸庞。

他对风靡道："我族对狼族犯下了不可饶恕的罪行，我会亲自前往波拉波拉山，向你的族人致歉，而狼族未来十年的粮食，均由我族提供。"

风靡撇了撇嘴，视线投向我："祭司，你能不能先放了她？"

祭司和我："……"

风靡又道："粮食是个大问题，要是巫族愿意伸出援手解我们燃眉之急那是最好不过，不知祭司大人是不是一言九鼎？"

"那是必然。"祭司笃定点头。

风靡笑眯眯地冲我眨了眨眼："那……祭司大人，你曾经说过要驱逐那个女人出族，这话算不算数？要是算数的话，我就娶她了。"

祭司会意一笑："纱岚立了功，我岂有驱逐她之理？不过，两族通婚的禁令维持了百年，似乎应该撤销了，免得后人再因它吃苦。"

我下意识地抬眸看向风靡。

从他目光坚定的瞳仁里，我看到了执着的自己。🈁

我不是看不出你是妖，我只是喜欢你啊。

《 男神变成汪 》

◆文 / 让声音煮沸　◇图 /DAZUI

◇一◇ 除妖界最次菜鸟

一条长长的队列中，唐米璐排在一群小萝卜头后面，显得尤为突兀。

"除妖师初级考试报名……初级？不是吧唐米璐，你考了八次了还没考过？"路过的蔡小巧面露嘲讽。

"是九次。"她纠正。

蔡小巧干脆大笑起来。

是的，这是唐米璐第十次参加考试了。她本是普通的女高中生，一年前一场大病痊愈后，她的体内莫名有了灵力，硬是被迫加入了除妖师的队伍。

可在这古怪的学院待了一年，连最基本的红火都造不出，她的能力也只够捏死一只蚂蚁了。

好不容易报完名，唐米璐绕到学院后山的偏僻处准备练习，却撞见了躺在草地上晒太阳的暮邪。

阳光轻洒于他的脸上，使得他原本白皙的面孔更加通透。密集的睫毛微微一颤，他幽蓝的瞳仁忽地睁开，像是一个黑洞，可以轻易把人吸引进去。

他的容貌与他的实力一样惊人，据说他在孩童时便可单独对抗妖兽。

所有人都把暮邪当除妖界男神，除了唐米璐。

这尊大佛，她是有多远便躲多远。

因为让她考第十次初级考试的罪魁祸首，就是这个闲着没事干的家伙。

由于实力出众，暮邪直接被升格为导师，偏偏他生活懒散，更不喜授课，只好就职考官应付一下那群老头子。

"姿势丑，不通过。"

"火太小，不通过。"

"不顺眼，不通过。"

……

记忆中，她除妖师初级勋章就是被这些奇葩理由扼杀的！

若是有朝一日，她学有所成，一定先来调戏这个暮邪！

唐米璐靠在一棵大树后，眯着眼悠闲地睡了个午觉。梦里她正挥着小皮鞭，暮邪则跪地求饶……

"你在哭？"

凛冽的询问声打断了唐米璐的白日梦，她猛地睁开眼。暮邪那张精致的面孔放大在眼前，比她作为凡人时喜欢的偶像明星画报里的脸还要梦幻。

她脸一红，推开俯身靠来的暮邪，不作声。

她总不能说因为白日梦喜极而泣了吧！

"本身你这种半路出家的就难成除妖师，资质不高，悟性又差，还爱偷懒……"暮邪上下将唐米璐打量了一番，"眼泪这种恶心的分泌物虽然不值钱，但证明你还有羞耻心，孺子可教也。"

该死的暮邪！什么时候轮到他来给我评头论足？唐米璐恨得咬牙切齿。

看着他潇洒离去的背影，唐米璐只能把气发泄到身旁的大榕树上。

我踢，我打！

"哎哟，姑奶奶！别找小的出气啊！"一声混沌又苍老的声音不知从何而来，唐米璐吓得四处张望，最后锁定了身旁冒着不祥黑气的榕树。

除妖学院居然还有妖怪？要知道，在这个满是除妖师的地方，妖怪就像过街的老鼠……

赶快去通知老师来除妖！

"姑奶奶莫走！"榕树精大喊，"我在此被封印多年，不求自由，只求留下一条小命。你若愿意放我一马，我可告知你一些整人的法术来解气……"

整人的法术？唐米璐停了下来。

"法术奥秘就在我的树皮上。"

唐米璐凑过去看，将树干上刻有的符文通通抄了下来，如获至宝。

二 当男神变成狗

唐米璐捧着那整蛊法术琢磨了半天，最后只研究出来步骤，连法术效果都不知道的她，决定拿一些小妖试试手。没想到不论是蚂蚁、青蛙还是兔子，它们对法术一点儿反应都没有！

榕树精这个骗子！

唐米璐气呼呼地背着锯子准备去砍树，这时暮邪的身影恰巧映入眼帘，想起自己的九次初级考试，气不打一处来。于是，她瞪着他的背影，专心致志地念出符咒："天敕地令，万灵归原！"

没想到符咒刚念完，手掌心竟冒出一团银火，直逼暮邪……

银火？！

对于除妖师来说，练出的火焰颜色越浅，破坏力与净化力也就越强大。她只听说白火是登峰造极之术，这银火又是个什么鬼？

糟糕，这哪是普通的整蛊法术？

"暮邪，小心！"唐米璐一声惊呼，暮邪闻声转头。

然后……就没有然后了。

暮邪凭空消失了。

……

难道我杀了他？唐米璐万分惊恐，吓得"哇哇"大叫。

冷静！唐米璐！现在去找那榕树精问清楚！她赶紧往学校后山跑去。

"站住！唐米璐！"

暮邪清冷的叫喊声似从地底而出，唐米璐这次是真的喜极而泣了。

太好了！他还活着！可是……人呢？她四处张望，却连一点人影都没看到，只有脚边蹲了只灰色的小狗崽。

"唐米璐，我要杀了你！"暮邪的怒吼声仍在耳畔响起。唐米璐低头看着小狗崽一张一合的嘴，终于忍不住捧腹大笑。

哈哈，令妖界闻风丧胆的除妖师暮邪，竟被她变成了一只萌萌的小狗崽！

唐米璐直接抱起暮邪，只见他笨拙地挥舞着小胖爪，明明连牙都没长齐，却还龇牙咧嘴。就在唐米璐得意忘形地逗弄他时，暮邪张嘴狠狠咬了她一口。

"你还想不想变回原形了？"唐米璐揉了揉手腕，"乖乖老实地当一天狗，姐就放过你！"

"你敢威胁我？等我变回人形，看我怎么收拾你！"暮邪由于情绪激动，狗尾巴不停地摇摆，远看就像一只正讨主人欢喜的狗。

"你要是能自己变回人形，现在还有空跟我闲扯？"唐米璐在心底狠狠夸了自己的脑袋，终于聪明地转过弯了！

暮邪明显被戳了软肋，他耷拉下脑袋："就一天！"

唐米璐怎么也想不到，自己终有一日可以牵着暮邪招摇过市。

碰到蔡小巧时，她嫌弃道："这是你养的狗？怎么长得不伦不类？"

唐米璐却一点儿也不生气。看着昔日男神暮邪，如今被挂以不伦不类之词，唐米璐都替他痛心疾首："哪有，不就是脸尖了点儿，毛色杂了点儿吗？还是很可爱的！"

说罢，她捏了捏暮邪软软的狗耳朵。

"都说狗随主人，你这么笨，这狗应该也……"

暮邪像是为了与唐米璐划清界限，飞快地站起身转了个圈，拱手作揖，迅速证明了他的智商……

一系列动作结束后，唐米璐也极其配合地亮出火腿肠，一边夸他，一边往他嘴里塞食物。暮邪却毫不客气地全部吐了出来。

"看来狗都比你聪明，就是好像有点儿挑食。"蔡小巧仍是狗嘴里吐不出象牙。

愉快的一天结束了，当暮邪伸出狗爪趴着唐米璐的膝盖吸引她的注意力时，那一刻唐米璐差点儿忘了这是个会说话的除妖师。

"快解除法术。"

"怎么解除？"唐米璐眨眨眼。

"别开玩笑了！这么难的法术，你可以轻易使用，也一定有办法解除！"暮邪瞥了她一眼，"唐米璐，你恐怕都不知道你自己的灵力有多强大。"

听罢，她心头一颤。

对，为何她能造出银火？虽说是歪打正着，可法术没有除妖师基础的灵力，再怎么聪明懂得融会贯通，也无能为力。

"可是……我真的不会啊……"她皱起眉头。

看着暮邪那鄙视的目光，唐米璐终于体会到了什么叫"狗眼看人低"。

三 系铃容易解铃难

"咒语念错了！重来！"

"你有把灵力都运往掌心吗？笨蛋！"

"拜托你集中注意力，控制好力量的强弱！"

唐米璐气结，真搞不懂，为什么她堂堂除妖师（虽然还没考过），要被一只狗颐指气使。

暮邪暂住在唐米璐的单人宿舍里，每天教她各种法术解除术，却无一例外通通没用。

于是，他命令唐米璐把学院的图书馆仔仔细细翻一遍寻求秘术，一个月过去了，除了暮邪整天吃睡胖成了圆球外，两人均一无所获。

不过唐米璐倒是进步神速，初级考试轻松通过，甚至连高级的水准都快达到了。

果然，扫把星变成了狗，自己的前途就一片明朗……

这段日子，她虽然忙碌，却也快乐。曾经初来乍到的她一心想逃出除妖学院，当个普通人，屡屡越"狱"失败后才决定先混几年，等到被贬为正常人后重新生活。而现在，唐米璐很享受这股力量，随心所欲地奔跑跳跃，玩弄火焰于股掌，甚至偶尔恶作剧把蔡小巧的嘴巴封起来。

最重要的是，她拥有了一只萌宠，虽然不能呼来喝去，但还是可以随时调戏。

暮邪当然不乐意跟着这个半吊子除妖师，他懒懒地躺在窗台边，晶莹的蓝色双眸望着窗外，带着忧伤的气息。

为了哄他开心，唐米璐送给他一个带着红色铃铛的项圈。

"笨蛋，你难道不知道铃铛会影响狗的听觉吗？"暮邪不屑地扔出铃铛，"虽然我不是狗。"

"废话，你是人啊。"唐米璐翻着白眼接话。

这天，唐米璐带来一个好消息。

原来学校的藏书另有乾坤，奇文秘术均在图书馆秘密的地下室里，只有实力超强的除妖师才有破解门禁的能力。

这时的唐米璐已足够强大，甚至学院里都淡忘了自由翱翔的暮邪，将唐米璐视为了新的天才——

与出生便带有灵力的除妖师不同，作为凡人中途修炼，唐米璐如今的灵力不可小觑。

但很多人都无视了唐米璐这个月的努力，反倒是一些流言传开来。

"你们没察觉到她身上隐隐约约的妖气吗？你说她是不是借了妖力才一蹴而就？"

……

"其实他们说的也不无道理。"唐米璐双手托腮，叹了口气，又顺手揉了揉暮邪的狗脑袋，"我不是天生的除妖师，一时间学成那么多法术，大家都会怀疑有猫腻吧。"

暮邪反感地避开脑袋："他们说了什么？"

"说我身上有妖气。"

暮邪蓝眸一紧，正欲开口，唐米璐忽然把暮邪捧到自己跟前："暮邪，我发现了一个秘密。"

他淡淡地盯着唐米璐的眼睛："你……"

"我是唐族的后代。"唐米璐抢先说。

唐族的世代子孙皆是名声显赫的除妖师，他们天生就继承祖辈强大的灵力，可近一百年，唐族除妖师便遁世过回了凡人生活，听闻是封印了后代的灵力。

"我在地下室的藏书里翻出来一些古老的资料，发现唐族先辈的长相居然与我的爷爷长得一模一样。"

"也许是巧合。"

"怎么，你不相信我是唐族传人？"

"唐米璐，要是你把你这个月的努力都只归结于天力，这个几乎废掉的房间，以及每天费神教你的我，都会感到不公。"暮邪静静趴在窗台边。因为唐米璐滥练法术的缘故，这个房间屋宇破败，墙壁烧得漆黑，暮邪唯一可以趴的干净位置只剩窗台。

"再说了，你是唐族传人难道是什么好事？若好，你的先辈为何要封印子孙灵力而遁世？你的灵力是如何冲破封印的我们暂且不说，可是凡事皆有对立面，你不要将此事怀介于心，它不重要。"

"你是在安慰我吗？"唐米璐眨眨眼，挤出一滴泪水，将暮邪狠狠抱入怀中，用下巴蹭着他的脑袋，"终于有人相信我了！"

相信她是踏踏实实增强了实力，并非走捷径。

"我只是相信我自己的教学罢了。"暮邪好不容易从她的怀里钻出来。

还好现在是一张满脸长毛的狗脸，不然要是被她发现自己脸红，就糗大了。

四 有妖气

"唐米璐，最近不遛狗了？"自从唐米璐实力大增后，蔡小巧也对她客气了点儿。

"他……他不愿意出来！"居然有喜欢宅在家的狗，也是够奇怪。唐米璐扯了扯嘴角。

"喂……"蔡小巧忽然凑到唐米璐耳边，"你是不是偷偷捉妖怪练手？"

"才没有。"在除妖学院，不论是捉妖、养妖还是净化妖怪，未得到允许是严厉禁止的。

"那你身上这股妖气是怎么回事？"

都说她身上有妖气，可她压根儿没接触过妖怪啊！难道是唐族杀妖太多导致灵力沾染了妖气？这也太扯了……

回到宿舍一打开门，暮邪便跑过来，昂着头望着她。

唐米璐心一软，蹲下来摸摸暮邪的头："哎呀乖狗狗，都知道迎门了呀。"

暮邪依然直接啃了她的手指。

痛——

她甩甩手，埋怨地望着暮邪。看来暮邪不论是人样还是狗样，都是表里不一！

"找到解除术没？"这是他日复一日的问题。

唐米璐仍然摇头。

"你这张纸上的符咒究竟从何而来？"

"那棵榕树告诉我的……"

"别告诉我是学校后山那一棵。"

"你也认识那榕树精？"

"那根本不是什么榕树精。"暮邪声音沉重，令唐米璐重新担忧起来。

难道事情并非她想的那么简单？

的确，她曾有过私心，一直把暮邪圈养在自己身边，与自己做伴。她以为总有一天这整人法术会解除，她不急，因为她舍不得。

这是她的秘密。

暮邪忽然飞奔跳跃，将唐米璐扑倒在地，爪子忽然伸出尖尖的指甲，直逼唐米璐的喉咙。

唐米璐惊得瞪大眼，疑惑地望着暮邪。

"我的时间不多了，唐米璐。"暮邪又恢复他那双冰冷的蓝眸，"取唐族后代的灵力，或许可帮我恢复。"

暮邪要取她灵力？

"咚咚咚……"

一阵急促的拍门声忽至，门外吵吵嚷嚷，似乎来了许多人。

"唐米璐！开门！"

"唐米璐！把房间里的妖怪交出来！"

"唐米璐……"

……

人群刺耳的喊叫声不绝于耳，唐米璐惊疑地将目光重回暮邪身上。

她才没藏妖怪！她连与妖怪实战的机会都没有！只不过就是养了一只萌宠嘛……暮邪，难道暮邪是妖怪？

"啪"的一声，众人破门而入。

暮邪从唐米璐身上飞下，低吼一声，四爪伸出利刃，等待出击，四面楚歌。

虽然妖怪不容出现在除妖界，可派来这么多高级除妖师围剿一只小狗，是不是太小题大做了？

"活捉那只狼妖！"

带头的除妖师一声令下，众人齐发力。暮邪对除妖师的手段了如指掌，即使变了身，也可灵活躲避着除妖师的攻击。但暮邪势单力薄，终究还是被一束火焰正中胸口。

那一刻，唐米璐心里的某个地方被割了一刀。

看着暮邪咬牙对战，唐米璐终于做出了选择。

她立刻甩出一串白火，趁乱抱起暮邪，从窗口逃跑。

暮邪当初可是人人敬畏崇拜的除妖师，是她，是她把他置于这困兽之境！

五 狼族不是妖

耳后的风声不断呼啸，唐米璐全力奔跑了很久后，她才敢慢下步子。

她往后一看，原来自己的屋子被一团浓浓的黑气笼罩，怪不得引来那么多除妖师……

唐米璐不敢懈怠，继续奔跑，直到逃出了学院进入深山，她才敢歇息。

"原来不是小狗崽，是小狼崽啊。"唐米璐将背上的暮邪抱下来，仍旧是揉了揉他毛茸茸的脑袋。

唐米璐想起当初的符咒——天敕地令，万物归原。

归原……

这消失已久，只存于妖界且只对抗妖界的符咒，既破除了唐米璐体内的封印，也使得暮邪被打为元灵。

暮邪虚弱地躺在唐米璐怀中。区区明火，竟伤得他这么重……

"笨蛋。"他开口，"只有笨蛋看不出我是妖，还救妖，唐米璐，你可真……"

"我才不笨。"她静静打断了暮邪的话，"我是……"

喜欢你。

"我知道自己在做什么。"她还是说不出口。

就在这时，天地间忽然狂风大作，尘土飞扬，树上的鸟雀惊叫一声，全部飞离。

唐米璐抬起头，竟看到大片的红云朝除妖学院的方向席卷而去。

"糟了，他出来了。"暮邪低声道。

"谁？"

"暮烈。"他回答，"我哥哥。"

自古以来，狼族的地位高于妖，又低于仙，与除妖师的关系极为尴尬，几乎是井水不犯河水。百年前，狼族的大皇子暮烈忽然魔性大发，四处杀生，所到之处血流成河，一时间人间腥风血雨。狼族摆正立场，与除妖师一同捉拿暮烈，那段杀戮与追捕的黑暗岁月持续了很久，直到唐族的出现。

唐族与狼族合力将暮烈长封于净化池水边的千年榕树里，自暮烈被封印，暮邪便一直守在这里，镇压封印，也陪哥哥说说话。

时过境迁，净化池早已干涸填为平地，除妖学院又建造于此，暮邪不得不用灵力掩盖自己的妖气，作为除妖师守候在这儿。

未料想百年后的现在，暮烈还是死性不改，不仅引诱唐族后人解除了镇压之力，还一并解除了唐族封印的灵力，成功脱逃。

"暮烈曾说，倘若他还有机会重见天日，要做的第一件事，便是杀了我。"暮邪淡淡地说，"所以你快走吧，唐米璐，不要被牵连……"

"我不走！我是唐族传人，我或许没能力打得过他，可总有能力保护你！"

"唐米璐，我不需要你保护！"暮邪说罢，便吃力地站起来。

"哈哈，区区元灵也敢口出狂言？"张狂的大笑声随大风忽然袭来，只见半空中冲下一匹巨大的黑狼，红色的眼睛里尽是杀戮之色。

古书上说，妖力越是强大，形态便越趋于本来面目，且无限壮大。

而眼前的这匹狼，一脚便可踩碎摩天大楼吧。

黑狼抬起前脚往空中一挥，无数红色尖刀笔直地刺向微小的暮邪，唐米璐匆忙伸出手为暮邪亮出一个透明的屏障，挡了一击。

黑狼极为恼怒，干脆把目标换成了唐米璐。就在唐米璐闪躲时，学院里的除妖师们匆匆赶来。

"黑狼的弱点在于他背上的脊骨，你们分成几队，在各个方向施法伤他的脊骨！"暮邪在一旁大声喊着，但除妖师们充耳不闻，自顾自地发动攻击。

"明明同为狼妖，竟敢指使我们！"

对于巨大的黑狼来说，这些零零散散的法术就像是毛毛雨，不痛不痒。

唐米璐根本无暇解释，眼看着除妖师们零零散散做无用功，她心急如焚，大胆飞至黑狼的背上，往脊骨处狠狠拍了一掌银火。

黑狼嘶吼一声，猛地往山岩撞去，企图甩开唐米璐。

"唐米璐！"暮邪惊慌大喊，却暴露了他的位置。

黑狼的红眸随即锁定暮邪的方位，他飞快冲向暮邪，挥出数十记如利刃般的狼爪，轻松箍住了暮邪小小的身躯。

"不要——"唐米璐大喊一声，却仍无法阻止黑狼狂暴的狼牙撕咬暮邪的脖子……

鲜血迷了唐米璐的眼，她跪地痛哭。

暮邪，你怎么能死？

（六）天敕地令，万物归原

天敕地令，万物归原。

她忽然想起造成这一切的该死的符咒。

暮邪可以变为元灵，暮烈也应该可以啊！

她把对黑狼的恨，都注于这符咒里。

集中精力，将四散在身体各处的灵力聚集到手掌，吐气，双手合十，将灵力从掌心逼出，成火……

"唐米璐，你会成为一名伟大的除妖师。"

这是暮邪在她无数次造火失败后，轻声说出的话。那一刻，她便在心里发誓，总有一天，要让暮邪知道，他会预言成功。

可是暮邪永远都不会知道了……

都怪暮烈，都怪他！

对，杀了暮烈，杀了暮烈，让他替暮邪偿命！

"天敕地令，万物归原！天敕地令，万物归原……"她一遍遍念着符咒，造出银火，却均被黑狼一爪拍散。

"小姑娘！别天真了！"

黑狼说罢便冲至唐米璐眼前，庞大的身躯挡住日光，一片黑影包裹了她。短短几秒间，唐米璐便被黑狼的一根脚趾踩趴于地，黑狼轻笑着箍住唐米璐的双手。

"不如就先把你的双手砍断，看你从哪儿造火！"

看来她终究还是失败了。

唐米璐绝望地闭上眼睛，却在下一刻听到黑狼的吼声以及巨物倒塌的声音。

她睁开眼，竟看到空中一个虚幻的身影，在狼与人形间不断变幻。

是暮邪！暮邪救了她吗？！

唐米璐的眼泪再度涌入眼眶，但她来不及整理情绪，只见腾空的暮邪大声指挥，除妖师们见到暮邪的身影，惊呼一阵后，终于手忙脚乱地一齐攻打黑狼的脊骨。

"唐米璐！就是现在！"暮邪一声令下，唐米璐立刻领悟到他的意思。

"天敕地令，万物归原！"念完符咒，她在手心写了个"唐"字后，手心里蓦然盛放出巨大的银火，一簇簇击入黑狼胸口。

一大团雾气升入天空，不一会儿，黑狼变成了黑狼崽。

她曾在唐族秘籍里读到，凡是唐族传人，造火前在手掌心写"唐"字，便可借祖辈之力。

居然真的有效？

虽然事后暮邪说这只不过是绝望时给你信心，激发潜在的灵力。

之所以这次符咒成功实施，一方面是唐米璐灵力激增，一方面也是其余除妖师帮忙削弱了黑狼的力量。而暮邪，则负责分散了黑狼的注意力。

"你竟有元魄？"黑狼崽看着半空中不断变幻的暮邪，不甘心地吼叫。

元魄是妖怪潜藏于元灵里的另一个生命，是妖界祖先赐予每一个长子的礼物。元灵一旦毁灭，元魄自动潜出，能力虽不稳定，但也算是挽救了性命。

"是你送给我的，哥哥。"暮邪淡淡一笑，双眸陷入遥远的千年之前。

那时狼族衰落，甚至连臭狐狸都敢在他们面前撒野。妖界地位争夺时，暮烈为了家族荣耀，铤而走险修炼一种秘法，那日他便将额头里的元魄转入了弟弟暮邪身体里。

他说，他怕总有一天会因这法术迷了心志……

狼族因他而起，也因他而乱。但暮邪答应他，永远陪伴他。

不论是当初百年守在榕树下，还是现在提着牵引绳在街边溜达……

⟨七⟩ 狼崽求抱抱

"我要抱暮烈！我要抱！"唐米璐跟在暮邪身后哀求。

数月的修炼，暮邪的元魄稳定下来，成了人形。而暮烈，则成了除妖学院的镇校之宠。

暮邪愤怒地打开唐米璐的手："他脾气不好，小心被咬！"他才不关心唐米璐是否被咬，他只是不开心唐米璐"喜新厌旧"。

"浑蛋！到底何时把本皇子变回来！"狼崽子龇牙咧嘴。

"等你的魔性彻底消失。"暮邪一边揉暮烈的脑袋，一边不停地打着唐米璐无数次伸过来的"魔爪"。

等唐米璐再度不死心准备捏捏狼崽子的耳朵时，暮邪干脆直接牵住了她不安分的手，这个伟大的除妖师却没出息地脸红起来。

不过……还是比较喜欢萌萌的狼爪肉垫……🐾

原来所有的关爱都是虚情假意，而他爱的人根本就不存在。

《咬一口苹果好悲伤》

◆文/紫 crystal　◇图/青玉

◇一 你到底是美少女还是美少年?!

我第一次见到那个无人能及的美少女,是在我被迫联姻嫁入王室的大婚典礼上——而我即将成为她的继母!这还是我刚刚才得知的消息。

看着国王老伯那圆得可以滚起来的肚子,我简直就要晕厥了!本以为嫁个肥老头就够头疼了,没想到还买一送一?

"白雪殿下的骑兵团来了!"突然的一声叫喊,为她而来的欢呼高过了对我的祝福。我不屑地冷哼一声,不就是个臭丫头嘛,有什么好大呼小叫的。

古堡的城门轰然打开,一大批身披银色铠甲的骑士冲入城堡,踏起了漫天灰尘。我模糊地看见一个冲在最前面的身影,白色骏马在黑色马群中格外醒目。

片刻之后,马上的少年一跃而下,迈着两条修长的腿朝我走过来,银色披风在风中发出肆虐的鼓动声,银色铠甲包裹着一米八的完美身躯。

他伸出修长的手脱去了头盔,秀气的眉毛和白瓷般俊美的轮廓跃入我视线。他的皮肤像雪一样白,嘴唇像血一样红,无与伦比的美貌和阴冷邪气的气质简直是在最瑰丽的油画里才能见到。

白雪的护卫真帅!我有点儿心跳加速。

少年单膝朝我跪下，拉起我的手落下一个轻轻的见面吻。

"见过辛西娅王后。"他嘴角一丝阴冷的浅笑一掠而过，却无法掩饰他的俊美无俦。此刻，我激动得想把国王一脚踢开，然后立眼前的这个美少年为王！

我轻轻地问："白雪公主呢？"

英气逼人的脸抬了起来，他微微眯起狭长的双眸，带着一抹玩味的笑容望着我："回王后，我就是。"

我嘴角的笑容僵住了。

眼前这位英气十足，穿着英挺铠甲，全身散发出浓烈中性气味的疑似少年，竟然就是传闻中的白雪公主！白雪公主不是能轻易推倒的萝莉也就算了，就这个模样可以把我整个人举起来再从窗口丢出去了好吗！我的嘴角有点儿抽搐。

这时，国王说："白雪，你母后路途劳累也该歇息了，你送她下去吧。"

"母后请吧。"不紧不慢的声音，白雪的语气说不出的温柔，然后轻松地脱下身上的铠甲露出漂亮的骑士装，一副人畜无害的模样。

我有点儿提防地揣测着白雪脸上的表情，并无不妥。于是，我点了点头。

"好吧，劳烦公主了。"我轻声回答。

二 小拖油瓶竟然敢威胁我？！

我拖着繁复的洋裙一点点挪进古堡，但白雪突然一脚踩住了我的裙摆，害我整个人差点儿摔跤，然后瞬间又被拖入了暗房。

"干什么？"我惊讶地回头。

白雪已经快如闪电般把我推到墙上，用两只手把我堵住，然后帅气的脸瞬间靠近，我吓得连气也不敢喘一下。

这太尴尬了……我的脸莫名其妙地涨红，双手在微微发抖。

"母后，"白雪带着玩味的邪笑望着我，身上有种魅惑的冷香，"我这个女儿您还满意吗？"说完，轻佻地扬起一边秀气的眉毛，俊美的脸蛋写满讥讽。

我大叫着用力把白雪推开："放肆！给我走开！"

可那一推，我的手不小心推到了一个结实平坦的前胸……

白雪公主的胸，是平的。

我呆呆地盯着那平坦的飞机场。不是发育不良的问题，那种触感……分明是硬邦邦的肌肉！

我脑中的宇宙好像有两颗小行星撞在一起，"轰"的一声炸开了。

"你你你……"看到我这种反应，白雪歪着头带着笑，一脸玩味地望着我，我连说话都口吃了，"白雪，你竟然……你竟然是男的！"

我一直以为白雪是个长得像男生的俊朗女生，岂料这一切刚好相反，他竟真是个男的！

而他却无视我的惊讶："你来到这个古堡，以为自己当了王后就能一人之下万人之上吗？可笑，你知道上一个王后是什么下场吗？"他的嘴角带着讽刺的笑，"我们的国王薄情，十几年前，我的母后受到族人谋朝篡位的牵连，连同几位大臣一起被送入了大牢。"

我皱起了眉头，明显意识到他对国王的怨恨和对我的敌意。

"母后在狱中生下我，他也一直像防范着母后那样防着我。我是他唯一的血脉，但他却不想让我继位，为了避免争议，他就对外宣称那日生下的是一名公主，取名白雪。"

蓦然，我从他眼中看到了愤怒。

"他还在想着哪日他可以再得一子，就可以把我踢开了。"他声音冰冷，"所以，你就只是一个生育机器。可王宫不会再有新生儿降生的，我保证。"

"你威胁我？"我一脸愕然，而他则脸不红气不喘地站在那里，淡定的仪态堪比王侯，他藐视的态度完全是在向我挑衅。

这个人，根本就是个罩着人面具的魔鬼！

辛西娅很委屈，辛西娅很懊恼。

我气恼地跑回自己的寝宫，拿出了从自己国家带来的最引以为傲的宝物——一面魔镜。

我对着魔镜开始喃喃自语："魔镜啊魔镜，请你告诉我打败白雪的办法。"

镜子里开始慢慢浮现出一张青绿色的诡异人脸，她望着我阴冷地微笑："在白雪殿下的寝宫里，藏着几封他和大臣的密函，这是他们想要谋朝篡位的铁证，只要你喝下这瓶药变成另一个人，装成侍女混进他寝宫，找到信件再上交给国王就行了。"

镜子里伸出一只红色长指甲的绿手，手中握着一瓶粉红色的药剂。

我得意地把那瓶粉红色的药剂拿了过来，紧紧捏在手里。

三 不小心成了他的安琪拉

一小时后，我徘徊在白雪的寝宫门前，鬼鬼祟祟地探头探脑，一个年老侍女发现了我。那瓶药水果然很强，她完全认不出我来。

这个中气十足的老女人凶巴巴地把手上的抹布和水盆一股脑全推到我手上："磨蹭什么，快把活给干了！"

我咬着嘴唇气冲冲地走出屋子，一不小心摔了一跤，水盆甩了出去……命中了一个目标。

我抬头，看见他的黑皮靴、白衬衫和黑马甲，再往上一看，轮廓分明的俊美脸庞像被蒙了一层水雾，额前湿漉漉的，头发还在滴着水珠，幽深的双眸此刻正阴冷地瞪着我……

是我们俊美动人的白雪殿下。

呀，这下太好了。

我蹦蹦跳跳地跑过去顺手抄起手上的脏抹布向他抹去，把他的那张脸抹得一干二净。

"好了，擦干了。"我拍拍手。

"你是什么东西！给我滚一边去！"他的咆哮差点儿震破我的耳膜。

我往前挪了一步，他立刻举起手上盘绕的长鞭。我吓得连忙倒退尖叫。

"别这样！"我嚷道，"我不是故意的！"

"你信不信我把你抽死！"他趾高气扬地恐吓我。

"怎么会。"我谄媚地笑，"像我们白雪殿下这副好心肠，怎么会舍得把一个小小的侍女给抽死。"

他好像"扑哧"一声笑了，眯起幽邃的眼睛打量着我的脸，然后冷冷一笑，用指尖刮了一下我的鼻头："是啊，我不会，尤其是对一个愚蠢的侍女。"

我全身打了个寒战。

他双手握在身后收起了长鞭，朝我瞄了一眼便往屋内走去。

"跟我过来。"

进了房间关上门，他松了松领口，解开了衬衫上的第一颗纽扣。我立刻把背脊紧紧地贴到房门上，双手背在身后握着门把，万一有什么不测，我第一时间开门跑出去。

"从今天起，你就是我的贴身侍女。"他在镀金高背椅上坐下，手中把玩一块玫瑰金色的怀表，"知道为什么点你吗？"

我摇头。

"因为在那么多侍女中，我一看就知道你是最蠢的一个。"

"……"

"我需要一个蠢点的、不会搅局的人在身边，所以以后无论你看到什么听到什么，都要视而不见，敢在背后做小动作你就死定了。"

"嗬。"我尴尬地笑着，"好吧，我会当自己是瞎子。"

他满意地点点头，问我："你叫什么名字？"

我随口一答："安琪拉。"

"那么安琪拉，现在从第一件事做起，给我倒杯咖啡吧。"他懒懒地往高背椅上一靠。

我跑到桌前拿起雕花的白瓷咖啡杯，往里面倒了满满一杯咖啡，然后摇摇晃晃地朝他走去。

"请吧。"突然，我又摔了一跤，手一滑，倒了他一脸……

哼，我就是故意的。

四 雄性白雪的逗比日常

白雪殿下非常爱现，他喜欢骑术，总是穿着一身帅气的骑士装，骑着马一下子冲入宫殿，惹得侍女们惊叫连连。

"殿下，我要先回去了！"我对着草地上骑马奔腾的白雪喊道。我没那个空闲陪他玩！太阳那么毒，我要趁他的寝宫里没人时，把那些信函给挖出来！

"喂，听到了吗？"我跳到草地中央张开双手拦截他，大声喊着，"我要先回去了，不陪你玩了！"

那匹马竟然笔直地朝我冲过来，没有一点儿要停的意思，骑在马上的白雪居然连缰绳也没有拉，带着他那邪气的冷笑朝我奔过来。我立刻瞪大眼睛吓了一跳，那家伙准是想捉弄我！

我急忙转身想逃，但白雪已经骑马飞快冲到我身边，弯腰、伸手，把我整个人从草地上腾空捞了起来。

"救命——"我在飞速奔腾的马上吓得尖叫，"叫它停下！我要掉下去了！"

白雪立刻发出大笑，而我则吓得脸色苍白。

"笨蛋！"我嚷，"我真的要掉下去了！"

"怎么会？我不是紧紧地抓着……"

但他话还没说完，我已经一声尖叫从马上摔了下去，在草地上连续翻了好几个滚，最后一动不动地躺在了那里。

总有一天，我会被他弄死。

"喂！安琪拉。"白雪显然也吓到了，他急忙从马上跳下来跑到我身边，蹲下身用手推了推我，"你没受伤吧？"

我故意停止了呼吸，双眼紧闭，一动不动地瘫在那里。我就是想吓吓他，看看他以后还敢不敢那么对我。

"安琪拉，我知道你是故意的，喂，该起来了。"他推我，但我故意继续装死不理他，觉得好过瘾。

白雪显然也有点儿担心了，他把脸靠近，微热的气息拂过我的脸。就在这时，他额前有一缕发丝撩到了我的脸颊，痒痒的，我的嘴角立刻抽搐了一下。

"小丫头！竟敢骗我！"他立刻叫着伸手去挠我的脖子，我痒得发出大笑，从草地上跳起来跑开了。

那一天，我陪他玩了好久，直到我们都累得气喘吁吁地倒在草地上。

马在一旁吃草，我看到玫瑰色的天空云层翻涌，黄昏很美。我侧过脸看着白雪，这个人和我平日里看到的不一样。

撕去了平日里高傲与阴冷的面具，私底下的他像带着一道光朝我走来，我从未想过在人生某一刻我会和他如此接近。

如果我们都能抛开头上的王冠与地位，人与人之间永远像此刻这样，那该多好。

五 一个毒苹果

那天玩得太疯了，我发现不远处有一棵枝繁叶茂的苹果树，上面那些令人垂涎欲滴的大苹果红得发出诱人的光，我忍不住走过去摘了一个。

"哪，拿去解解渴吧。"我把那个通红的大苹果递给白雪。

他盯着那个苹果许久，然后轻轻地说："我不吃，这里没有银质的餐具。"

我在心中绝望地呐喊："不过是吃一个苹果，你要银质的餐具干什么？"

他淡淡地说："验毒。我不会随便吃别人给我的东西。"

"哎呀，你是不是有被害妄想症，谁想害你了？这个大苹果看起来就很甜又多汁。"我边说边宝贝似的擦着那个通红的大苹果，然后很贪婪地咬了一大口，"不信你看，嗯。"

"果然很好吃啊。"我甜丝丝地说着，把咬过的苹果重新递给他，"拿去，我已经替你试过了。"

"你……"他那欲言又止的样子看起来好滑稽。

其实只是一个被咬了一口的苹果，他竟失神地望了好久，微垂的眼帘中有我读不懂的眸光。

"还在犹疑吗？那算了。"我把苹果收回来。

"没有。"这样说着，他伸出手把苹果接了过去，我看着他面无表情地咬了一口，一点点吃着，就好像握在他手里的不是一个苹果，而是珍宝。

"不就是一个苹果嘛，你也需要吃得那么庄重，笑一笑会死吗？"我真搞不懂他。

"从没有人……像你这样把咬了一口的东西拿给我。"他说。

我漫不经心地耸了耸肩："那现在不就有了吗？我在感受着平凡的幸福与快乐，像现在这样，太快乐了。"

我看到他嘴角的弧度微微上扬，像在笑。

我像中了毒一样。

〈六〉可惜我始终不是你的天使

连续这样好几天，因为药水的持久性有限，我每次一到晚上就会急匆匆从他身边消失掉，变回我的辛西娅王后，跑回宫殿去拿新的药水。

终于有一天，他发觉了这件事情的古怪。

又一个夜晚我准备离开时，白雪却叫住我。

"安琪拉，你到底是什么人？"他的目光带着猜疑但却坚定，"我已经查过了，没有你进入城堡的任何资料，也完全找不到你的任何痕迹。"

"你别去查。"我认真地说，"如果你查了，我就会永远在你面前消失。"

然后，他轻轻地叹了一口气："好吧，我不查，但你能一直站在我看得到的地方吗？"

我点点头。

他突然轻轻地问："你会不会是从天上来的？"

"天上？不，我一直都在地上走。"我认真地回答。

"我的意思是，你会不会是天使。"他侧着头睁大眼睛望着我，"每天都只能在人间逗留很短的时间，到某一个时辰就要回到天堂去了。"

这怎么可能……白雪殿下的思想真浪漫，我怎么可能是他的天使。

"今晚我们也一起去骑马吧。"他像突然想起了什么，"对了，我的马鞭呢？"

"是出来的时候忘在寝宫里了吧，我去帮你取回来。"我淡然地转身走向古堡，嘴角浮起了一抹凛冽的浅笑，是时候了。

我来到空无一人的寝宫，看着墙上巨大的油画，我费了好大工夫才排除掉其他藏东西的地方。白雪很聪明，他就把那几封薄薄的密函藏在那平日里根本不会有人去碰的油画背后。

我轻轻地摸进去，果然在油画后面发现了信件！我只要拿着这几封信到国王面前告他意图谋反，就足以让他死一千次！

终于可以赶走他了。

我盯着手中的密函，一秒、两秒、三秒……我告诉自己，去告他啊，脑海里却不由自主地浮现他带着我骑马的场景，头发痒痒地拂过我的脸，还有他接过我咬过的苹果，还有他说我是他的天使……

我把信重新塞回了油画后面。

七 毒苹果被白雪吐了出来

到最后还是不忍心伤了他呢……我三番五次接近他，本是为了赶走他，但到最后，却不忍心去伤害一个抛开身份对我好的人。我想收手，悄悄地，以安琪拉的身份消失，不让白雪发现。

但，总要向他告别吧。

我带着复杂的心情重新去找白雪的时候，他正蹲在地上，手拿一枝枯树枝在泥土上画着。如果换在平日，我或许会觉得他可爱，但此刻我没有这样的心情。

"殿下。"

"安琪拉，我以为你已经消失掉了，在这个时间。"他轻轻回答，却没有回过头来。

"我来跟你告别，我以后不会再出现了。"

"不要！"

"殿下……"

白雪突然转过身来抓住我的手，脸上的表情很痛苦："你不要离开，永远做我的安琪拉好不好？从来没有人会像你这样对我好，把自己咬过一口的苹果递给我。你不知道，你递给我的是一个毒苹果，这毒让我每日辗转反侧只想看到你的笑容。在这些日子里，我抛开身份去接近你，我想知道关怀和温暖到底是怎样的……"

然而我慌了，药水的功效已经在逐渐退去，夜色中的脸一点点变回原形，我不由得拼命想逃离，惊慌失措地喊着："殿下，我求求你放手吧，我必须离开……"

"为什么！"

"因为我不叫安琪拉！"我回过头喊，"我叫辛西娅！"

一瞬间，他在夜色中看到了熟悉的辛西娅王后的那张脸。

空气仿佛迅速冷却了下来，我看到他的脸从震惊、压抑转变为愤怒的整个过程。在他漩涡般深不可测的眼光中有着几近冰点的寒冷，我的身躯在微微颤抖，真正伤害我的是他看我时憎恨的眼神，在那里我读到了愤怒，还有绝望。

我冷笑。对，我不是安琪拉，我是辛西娅王后，所以你就这样厌恶我吗？

"说！你接近我是为了什么？是不是国王派你来的？"

"不……不是……"

"哈？难不成美丽的辛西娅王后是因为爱上了白雪殿下，才伪装成侍女接近他吗？你以为自己在编童话故事吗？"他一字一字重重扔下这句话，"你的一切，还有你那不择手段的目的，都让我觉得恶心。"

我愣在原地，说不上话来。是的，我不值得被他原谅……我是为了赶走他毁掉他，把他玩弄在股掌之中才假扮侍女接近他的……原来所有的关爱从一开始就是虚情假意的，而他爱的人根本就不存在……这种残酷的爱和谎言比恨更难宽恕。

"辛西娅，从此之后我和你再无瓜葛，我不会忘了你对我的谎言和欺骗，请你带着你的虚情假意滚吧！"

他甚至不肯听我的解释，就这样扔下了我。

我在寒风中站了一夜，盯着地上的我的画像，原来白雪蹲在地上描摹的是我的脸。直到天亮，我才拖着沉重的裙摆，一步步走回那早已冰冷的王宫。

八 逃不开的结局

第一次，我在自己的房间里失声痛哭，我发现自己竟然也在不知不觉中付出了感情。而白雪把自己关在房间里整整一个星期，悼念那可笑的爱情，悼念死去的安琪拉。他怀念她，但永远不是那个可憎的辛西娅王后，她毁了所有美好的一切。

仅仅一个月，当我再一次见到白雪，他已经带着一支兵队包围了王宫，国王被幽禁，大火蔓延了整片城墙。

"把门打开！"当士兵粗暴地把门踹开，把还处于惊吓中的我从床上拽下来时，我知道自己的末日到了。

我被剥去了王后华美的长袍，换上侍女宫婢的衣服。当我被推倒在大殿上时，看到的是坐在王座上俯视着我的白雪。

他依旧那样俊美华贵，无与伦比的美貌如同雕塑，但他的眼神冰冷，没有丝毫的温暖与怜悯，已经不是当初那个还有着温暖微笑的少年。

我看着他，不作声。

良久，他站起身来，缓缓走到我面前，用一个手指抬起我的下巴，带着一抹冷笑："阶下囚辛西娅，这就是你最想做的侍女，好好享受这美好的时光吧。"

我把脸移开，他用他的方式侮辱我，把他所受的痛发泄在我身上，而这都是我自找的。

又是短短的一个月，白雪大婚。这位年轻的国王娶了邻国的纳塔莎公主，举国同庆。我在最远的地方看着美丽的新娘和白雪站在一起，所有人都在祝福这对新婚的璧人，传颂着唯有纳塔莎公主的美貌才配得上他们的王，他们是天底下最幸福的一对……

那晚烟花好美，他们的婚礼在大堂内举行，我三番五次想进去，都被侍卫挡了出来。

"我要见他！"我在门口大喊，在别人眼中却像个疯子，"他根本就不爱她！他是在跟自己怄气，让我进去！"

不知情的侍卫怒吼着把我推出来："身份低贱的侍女不配参加国王的婚礼！"见我不肯离开，便挥舞手中的枪杆一下下打在我的身上。我仍然呼唤着，即使自己已伤痕累累血流遍地，我还是希望他能听到，能回想过去，能出来看我最后一眼。

冬天来临的日子冷得很，夜空开始飘雪了。有一片雪花在我睫毛上融化，就像晶莹的泪珠。我听到里面悠扬的乐声与欢笑，一束烟花在我模糊的视线中绽放，烟火好美……

直到最后，我遍体鳞伤地倒在了冰冷的城墙外。

我的身躯逐渐僵硬，血流进了砖石的细缝，所有的爱恨都成了冰冷城墙中的悲情旧梦。我想象着第二天早上，当白雪看到我冰冷身体的那一刻，他的心会微微地痛，原谅安琪拉向他隐瞒自己是辛西娅王后的身份。

"外面怎么这样吵？"迷蒙中，我好像听到了白雪的声音。

"殿下，有个侍女不顾阻拦一定要见您。"

"侍女？"

我听到脚步声，模糊中看到他诧异的脸庞。

"辛西娅？"他快速走过来揽起我的身躯，眼里夹杂着爱与恨的复杂感情。

"辛西娅！"他试着想唤起我。我想开口，但已经没有力气了。

我们都在自责中受到了惩罚，互不相欠了。

可我们已经回不去了……

那个白雪殿下和安琪拉在一起的快乐时光。🌸

我家君上能乘风

难候

N A N H O U

纵使繁华开遍，不如长伴君归。

◈白羽的歌谣◈

◆文/顾汐润　◇图/DAZUI

01. 落魄白孔雀之宫

锡兰密林中有一幢木房，茫茫千里中只此一间，因年久失修，漆色斑驳而颓废。倘若走近了看，便能发现木门上悬着一块匾，上面题了四个字——白孔雀宫。

没错，这个落魄的地方就是白孔雀神君的"宫殿"。

此时此刻，白孔雀神君正同七个孩子挤在狭小的正厅里。他捋了一把稀疏的白须，肃然道："吾等白孔雀一直被蓝绿二族欺压，时至今日，终于迎来反击的大好时刻。"

"反击什么啊，"大姐正削着苹果皮，率先张嘴，"反击了再被欺压回来，浪费精力。"

"混账！吾白孔雀明明是他们蓝孔雀的同支，如今却这般视我们于不屑，岂能自甘堕落！"

老二："孔雀本来就是美丽的禽类嘛，可我们身上只有白色，确实不如他们有吸引力啊……"

"美丽？美丽算什么！那些蓝蓝绿绿都难看死了，我儿岂能如此肤浅！"

老三："那比法力？"

老四："哈哈，法力也比不过人家啊！父王和母后也只会跳舞和净化而已吧。"

"你……"仿佛被戳到痛处，老神君激动得胡子一翘一翘，将话锋转开，"孩儿们啊！等我们反击成功就可以回九重天，住上真正的宫殿了！"

老五若有所思："其实我觉得这片密林挺好的……"

老六吸吸鼻涕："就是就是。"

老神君心痛地捂住胸口，环视全场，目光最终定在一直未说话的小女儿身上："难道就没人认可父王的观点吗？"

翡白慌忙错开父王的视线，小声支吾着："嗯……啊……我觉得……父王说得有道理……"

"吾就知道，"老神君欣慰地看着翡白，道，"下个月是百禽之王凤神君的寿辰大宴，蓝孔雀势必会带着唯一的皇子去赴宴，而你们中也要有一个人代替本君出席。"

七个少年少女面面相觑："谁去？"

老神君和颜悦色地望着老大："翎白，你看……"

"不！"大姐一把将削苹果的短刀架在脖子上，"别逼我死给你们看！"

"那……翎白……"

"天啊，父王我刚才忽然觉得胸闷气短，是不是旧疾要复发了，我要不行了！"

"……"

几位皇子皇女纷纷抱病的抱病，装痴呆的装痴呆，老神君气得正要发作，不知是谁忽然建议道："小七刚才同意了，不如就她吧。"

老神君立马将热切的眼光再度投向翡白："七儿，吾的好幺女，你觉得呢？"

翡白正在玩弄手上的镯子，抬起头来面对全场十多道灼热的视线，愣了白天，方讷讷道："啊？我随便啊……"

老神君立刻热泪盈眶："不愧是吾的心头肉！"

几位兄姐松了口气，问道："父王啊，你让小七赴宴，有什么目的吗？"

"当然，有一个秘密计划！"老神君露出狡黠的笑容，"本君准备了剧毒毒药，小七只要将其撒入蓝孔雀皇子长泽的杯中，让他们一族没有继任的神君，嘿嘿嘿嘿……"

"啥？"

翡白顿时欲哭无泪，父王啊，嘤嘤，这种缺德事情又没品又危险的好吗！

❦02. 我不是想跳海咧！❦

翡白提前一个月就从锡兰密林出发，向着凤凰一族盘踞的丹穴山行进，路过东海时，从没见过大海的她逗留了片刻。

翡白听着海浪声伸了个懒腰，再定睛时——哎？海中怎么有个小点？

她赶忙揉揉眼，聚精会神地望过去，海面上果然漂浮着一个"点"，依稀可以分辨出人形。

糟了，有人溺水了！翡白想也没想就跃入海中，凭借神力护体，很快就游到了那人身边。

她一把抓住对方的胳膊，奋力将这个少年往岸上拽，一边不忘为他加油打气："坚强点，马上就到岸了！"

然而少年好像不怎么领情，挣扎了一番，似乎想摆脱翡白的搭救。

翡白没有察觉，只是觉得这个人好沉啊，使全力拖都拖不动。灵机一动间，她掌中浮现出白光，光芒迅速化作绳索缠在对方身上。

翡白好不容易拖着他游回了岸，随后赶紧按压他的胸腔，嘴里还紧张地念叨："你可千万别死啊……"

少年在她的按压下猛烈地咳嗽，睁开眼睛恼火地说："别按了！活的都要给你按死了。"

翡白停住，激动地望着他："你醒了？"

"本来就没晕啊！傻女，坏了我的计……"少年忽然瞄到手腕上残存的绳索，眸中闪烁出一丝精光，岔开话头问，"你是神仙？哪家的？"

翡白吃了一惊："你怎么知道我是神仙？"

少年晃了晃手腕："我又不是没见过这个，仙法幻化的嘛。"

翡白心里"咯噔"一下。她原以为这个少年只是一个普通人类，但他居然见过并且很快就能认出仙法，可见他绝非普通人。

细细打量一番，翡白才发现少年长得无比俊美，尤其那一双碧蓝色的瞳孔仿佛玛瑙，在阳光下折射出幽蓝的光芒。这样奇异的眼睛，这样清绝的目光，绝对不是人类。

"你不是人类？"

少年毫不避讳地点了下头。

猜想被证实，翡白便更加有信心地说："我知道了，你应该是个刚修炼成型的小妖精，是修炼的时候掉水里去了吧。"

"噗……"少年怒吼，"你哪只眼看出来小爷是个妖精了？"

"因为你长得很美啊。"

"……"一句话，竟说得他无力反驳。

"一般小妖精才会长得这么好看。"翡白说着便伸出手在他脸上捏了一下，"哎呀，真嫩。"

少年愣了一下，耳后根迅速泛起潮红，扭过头恶狠狠地说："谁允许你动手动脚了！傻女！快点从实招来，你是哪家的小神仙？胆敢在小爷面前造次。"

"我是翡白，锡兰白孔雀一族的七公主，你呢？"

少年的神情先是惊讶，片刻后恢复平静，淡淡地问："你真的不知道我是谁？那你为什么要把我拖上岸？"

"我看你溺水了，心想勿以善小而不为，救人一命胜造七级浮屠。我是你的救命恩人。"

"喊！"少年不屑地冷哼，"傻女，你妨碍到我了，我在摘龙珠啊！"

"啊？"翡白愣了一下，有些不好意思地挠挠头，"那真是对不起了……"

少女的眼神清澈明亮，他忽然有些不好意思与她对视，于是烦躁地看向大海道："没事没事，我看你也是出于好心，就不跟你计较了。我再摘一次就是了。"

"嗯，真的很抱歉。"翡白站起身来理了理白色裙裾，与少年道别。

走出几米外，忽然听到身后的少年说："喂，我叫阿璟，你可记着了。"

❧03. 同一个人救他两次是怎么回事？ ❧

翡白继续向丹穴山行进，路途经过苗疆瘴气弥漫的地带时，选了条戾气最重的路线走。她所到之处，方圆十米开外狂躁的戾瘴之气都沉淀下来，毒物恢复本来的相貌，枯死的植物也重新恢复生机。

这，就是白孔雀与蓝孔雀的一大差别。如果说蓝孔雀一族美丽而好战，那么白孔雀则恰恰相反——他们主管"净化"。

但偏偏就是因为"净化"在仙法里的地位不高，法力高深些的神仙都能够净化污物，所以白孔雀一族地位也不高。

翡白逐渐走到毒林子的中央，也是瘴气最浓厚的地带，此时此刻，这里有一个黑色的风暴。

翡白站在风暴外围都能感受到有两股力量相互碰撞，仔细一看，风暴中心里居然有个人。

——又是阿璟！

翡白没想到竟能再见到他，而此刻的他和海边相遇时有些不一样，俊美的脸上看不见高傲与玩世不恭的神情，反而变得格外严肃，蓝眸里露出冷酷果决的光。

他的深蓝色华衣拖至地上，宽大的袖摆随罡风飘扬起来。

阿璟手里操控着一把剑，剑速极快，剑光雪亮，在黑风暴里划出银蓝色的闪电，所向披靡。

战势稍缓，翡白方看见黑雾里同阿璟搏斗的是一直巨型蟒蛇。蟒蛇虽然凶狠，但仍旧不敌他。

又几招后，巨蟒终于抵挡不住，血盆大口里吐出一颗白珠子。阿璟一跃而起，牢牢地将珠子拿在手里，脸上方又露出少年特有的得意的笑。

然而他就是太得意了，忽略了战败的巨蟒心有不甘，大尾巴猛烈却无声地从背后扫过来。

翡白来不及叫他，索性扬起手，扔去几片白羽，依次扎在巨蟒身上。巨蟒这才发出一声低吼，全身都瘫软了下来，再也无力战斗了。

阿璟微愕地看着这兔起鹘落间的变幻："傻女？是你吗？"

翡白从外面走进来，随着她的靠近，黑雾一点点散去，阳光从树叶间斑驳下来，映照在二人一蛇的身上。

阿璟举起剑准备将巨蟒杀掉，却被翡白阻止下来："没这个必要，它本非恶类。"

她把手罩在蛇头上方，一团白光将巨蟒的身体笼罩起来，不消片刻，巨蟒慢慢变成小蛇，冲翡白摆了摆尾巴，似乎在谢她不杀之恩。

"白孔雀的净化之力……"阿璟仿若自言自语，"真是刮目相看。"

"这下，我真的是你的救命恩人了。"翡白咧嘴开心地笑起来。

阿璟心有不甘却又无法反驳，只能报复性地揉乱翡白的头发说："好好好，欠你一命行了吧。"

"喂！好好说话别破坏人家的发型！"翡白慌忙地整理起头发。

"话说回来，你怎么在这里？"

"我去丹穴山，当然要路过这里。"

"好巧，我也去丹穴山……等等，你路过？"阿璟难以置信地瞪大眼睛，"你你你……你步行？"

"对啊。"

"为什么要步行？我们……不对，是你们神仙，难道不该用仙法'嗖'一下飞过去吗？"

翡白天然呆地耸耸肩："理论上是那样。但是我的仙法太差，飞不过去，所以只能步行咯，还好我身子骨不错，走得也算是健步如飞呢……"

"……"阿璟痛苦地捂住脸，"别说了，神仙的脸都被你丢光了。"

04. 傻女把自己的暗算计划全盘托出了！

接下来的路程，阿璟觉得一个人走着没意思，干脆赖在翡白身后，和她一同步行。

翡白这是第一次离开家，对一切都陌生和新奇，相比之下，阿璟独自生存的能力比她强太多，虽然嘴巴上总嫌弃和嘲讽她，但行动上却在默默地照顾她。

距离丹穴山越来越近，翡白的心情也越来越沉重，时常陷入出神发呆的状态。阿璟终于忍不住问："傻女，想什么呢？"

翡白张了张嘴，欲言又止，随后重重地叹了口气，沉默片刻后，方开口道："其实有个秘密一直是我心里的一块大石头。"

阿璟也跟着严肃起来："你既然提及了，想必希望能找人倾诉一番。奈何是'秘密'，恐怕不能随意道于旁人。"

翡白又叹了口气道："我告诉你，你千万不要走漏风声。"

阿璟仿佛被委任了拯救七界的任务一般，庄重地点了点头。

"我此趟丹穴山之行，其实还有一个计划——暗算一个神仙。"

"谁？"

翡白面色凝重："蓝孔雀一族的皇子，长泽。"

阿璟的表情顿时裂了，哭笑不得："你说谁……长泽？你……你为什么要暗算他？"

"我白孔雀一族被欺压已久，只能屈居在锡兰密林的一个小木屋里，日子过得很艰辛。我父王心里一直咽不下这口气，正值蓝孔雀一族阴盛阳衰，干脆让他们没有继任的神君好了。"

阿璟此刻的脸青一块白一块，各种表情掺杂在一起，有无奈有愠怒也有好笑，反倒叫人看不明白了。翡白遂关切地问道："阿璟，你脸色不大好啊，怎么了？身体不舒服吗？"

阿璟从牙缝里挤出几个字："还好。"

翡白没有察觉他丰富多彩的内心变化，伸手覆在他的额头上："不热啊。要不我去给你讨杯水，你在这里等着。"

"不必了。"阿璟一把抓住翡白的手腕，"说说看吧，你计划怎么暗算他？"

"我带了毒药，准备敬酒的时候洒在他杯子里。"

阿璟瞪了瞪眼："你觉得长泽是智障？会给你当面洒毒药的机会？"

"那在他喝酒之前就洒进去好了。"翡白眸光清透干净，语气平静地仿佛只是讨论天气而已。

阿璟无力地翻翻白眼："我的女神，你长点心眼吧！到时候在场那么多仙君，先不说你有没有这个机会，就算长泽喝了你的毒，也多的是能帮他解毒的神仙。"

"才不是呢！"翡白骄傲地挺起胸膛，"这可是我们一族的自制毒药，旁的仙家解不了！"

"那你骄傲个鬼啊，以为这是什么光荣的事吗？堂堂仙家非要走歪门邪道，你们白孔雀怎么这么没追求？"

翡白怔忪，眼神渐渐暗淡下来，像是被挫败的小兽，低下头。

阿璟立刻心软了，招架不住地揉揉她的脑袋，语音难得温柔道："我的意思其实是……我觉得比起暗算别人，你们应该想一想怎样争取到地位，通过自身的努力得到的东西，远比抢来的可靠多了。"

翡白勉强咧嘴笑了一下，低低道："谢谢你，阿璟。"

👑 05. 阿璟就是长泽！ 🦋

上丹穴山的头天晚上，阿璟和翡白在山脚的一块大岩石下过夜。

一觉醒来时，却只剩下翡白一人了。她在四周寻找阿璟却找不到半点踪迹，就好像这个人从来没有存在过一样。

翡白怅然若失地回到大岩石下，又等了大半天，依旧不见他的身影，只好在地上留言，告诉他自己上山了，倘若他回到这个地方便能看到。

如果阿璟是先她一步上了山，说不定还能遇见。

这一路下来，翡白虽然已经知道阿璟不是妖精而是神仙，却不知他是哪家的仙，恐怕找起来也要费些力。

丹穴山的凤凰宫华美富丽，身着天锦华袍的仙客往来如梭，翡白眼睛都看花了，她打听一圈，没人听说过有个叫阿璟的神仙，只能失落地走进宴会正殿。

殿内各仙家正在忙着打招呼、叙旧，没人正眼去瞧一个地位微末的神族小公主，翡白干脆离开人群，悄悄穿过重重红幔，来到蓝孔雀一族的坐席。

正位是蓝孔雀神君，那么其次就应该是那个倒霉的长泽皇子了。翡白佯装毫不在意，偷扫了一眼全场，没人注意自己，于是迅速将毒药粉洒进金樽中。

动作一气呵成，翡白紧张地只能听见自己的心跳声。倒完毒药，确认没人察觉，又从帷幔中返回。

回头再看一眼那个金樽，愧疚之情如潮水，兜头袭来。

但，已经不能回头了。

诸位仙家陆续献礼入座后，蓝孔雀一族才在仙官的通告声中姗姗来迟。

天边先是降下一抹艳丽的祥云，两个蓝色的身影由远及近。蓝孔雀素以美丽而闻名，此时此刻场内的目光几乎都集中在这两个身影上，更何况这是长泽皇子第一次在这么大的宴会上现身，大家都想看看那个传说中身裹万千蓝绿朝霞出生的少年是个什么模样。

待二人走近，看清了面目，众仙皆赞叹满足，只有翡白嘴巴张大得能塞下一颗鸡蛋。

那不是阿璟吗？

那分明就是阿璟啊！

一本正经的阿璟从怀中摸出一个礼盒，用翡白无比熟悉的嗓音对高高在上的凤神君道："蓝孔雀族长泽，为神君献上东海龙珠和苗疆巨蟒元珠。"

翡白赶紧拉了拉旁边人的衣袖，低声问："那个是长泽？真的是长泽吗？

你认不认识阿璟啊？这天上有没有神仙长得跟长泽一样的？"

"都说了不知道了。"旁边的仙家有些不耐烦，盯着长泽看了一会儿，忽然想起什么，"等等，我记起来了，长泽皇子的小字好像就是阿璟。"

"啥？"

真的是同一个人啊！翡白欲哭无泪，简直要对这个残忍的世界绝望了！

◆ 06. 白孔雀的净化之术好高端！ ◆

长泽，即貌美少年阿璟，随他的父亲落座，刚伸手端起面前的金樽，却被一声呵斥打断。

"慢！"

因为太紧张，翡白的语气很重，声音很大，全场的注意力都被吸引过来了。她艰难地咽口水，恨不能找个地方把自己埋了："啊……呃，长泽皇子，你还年少，喝酒对身体不好……"

翡白额头冷汗直流，他看到自己这个窘迫的样子，一定知道酒里下了毒。

然而，长泽不带感情地道："年少？本皇子已经到了可以寻亲的年纪了，还算年少？"

话音刚落，端着金樽一饮而尽。

翡白彻底蒙了。

长泽在酒杯即将离口时，不动声色地朝她眨眨眼，嘴角露出一丝戏谑的笑意。

这笑容是阿璟的笑，翡白再熟悉不过了，他似乎是想让她……安心？

酒过几巡，仙家们交谈正欢时，不知谁忽然发出一阵惊呼："长泽殿下呕血了！"

大家望过去，只见长泽一手撑在桌子上，脸色惨白，嘴里汩汩流着血。他拿衣袖拭了下嘴角，勉强笑道："无碍，之前和巨蟒作战，中了奇毒未清除……"

蓝孔雀神君立即将手覆上他的手腕，蓝光氤氲片刻，他却依旧在呕血。

"好奇怪的毒啊，本君居然无法解……"

众仙炸成一锅粥了，凤神君正要离座帮忙，一直迷茫焦急的翡白再度看见长泽看似不经意的对视，忽然明白了他的用意。

翡白鼻子一酸，挺身而出，冲凤神君和蓝孔雀神君行了个礼："我是白孔雀族的七公主翡白，从小修习净化去污之术，且让我来试一试吧。"

不待他们首肯，翡白就化作孔雀原型，通体洁白，仿佛披着一件雪衣的俏丽少女，精致得羽冠立在头上，脖颈曲线优美，翩翩然若大雪初降。

没有华美艳丽的色彩，却有种让人身心镇静的力量。

白孔雀围着长泽起舞，以他为中心，织出一片净化的空间。

"让你吐了点血，算是对你欺骗我的一种惩罚吧。"她用密语传音对长泽耳语着。

"欠你的一条命我算是还了。"长泽眼底嘴角却浮上笑意。

白孔雀缓缓开了屏，做着最后的清毒工作。

"阿璟。"
"嗯？"
"谢谢你。"

尾声

白孔雀超强的净化能力彻底惊艳了九重天，翡白因救人有功，促使白、蓝孔雀二族冰释前嫌，言归于好，为此，两方特地商讨要举办一次集会。

地点选在了锡兰密林中，因为蓝孔雀原本也是生活在那里的，飞升成仙后，很多晚辈从没踏进这片故土。

密林寂寥了百年，因为群仙的光顾，在月光下变得熠熠生辉。

翡白和阿璟站在高处，看着灯火沿着河岸铸成银河，漫漫无垠。孔雀仙们喝着浆酒，载歌载舞，欢声笑语。

翡白感叹："林子好像复活了一样呢。"

阿璟得意道："是呀，这都是我的功劳。谁让本皇子这么聪明，上演了一出好戏。"

翡白连连点头："你说得对，多亏了你。"

少女的瞳仁清澈明亮，阿璟一瞬不移地看着，忽然有些呆。

翡白没注意到他的目光，道："你我二族要是能一直这么和平下去就好了。"

阿璟脱口回道："以后说不定会比现在还好。"

"嗯？"

"那个……我是说……还有别的方法可以推进两族的关系啊。"阿璟仿若认真地欣赏着月亮，耳根却非常红。

"什么方法？"

"就是很多部落、家族都会采用的方法啦……"

翡白迷茫地看着他。

阿璟神色庄重，声音却很小："比如说，联姻。"

这下，翡白终于懂了。少女的脸颊染上红晕，仿佛在月光下倾诉着欲说还羞的心事——

纵使繁华开遍，不如长伴君归。🔶

既然说要保护你一辈子的话，我是不会让你遇到危险的。

◈皇子殿下蛮拼的◈

◆文／尤妮妮　◇图／三千小纯

01. 终于找到你了，夜夕

"如果学长不肯接受我表白的话，我就从这里跳下去。"

圣榆私立中学教学大楼的天台上，一个一脸伤心欲绝的长发女生声嘶力竭地尖叫着，天台上掠过的风将她深蓝色的校裙吹得猎猎作响。

仿佛风再大点就要将她拖下去的样子。

实在是太惊悚了。抽气的声音在楼底下围观的人群里中此起彼伏。而当另一个穿着深蓝色校裙少女的身影出现在天台上时，有人紧张得就快尖叫起来。

"既然这样不珍惜自己生命的话，那你就跳好了。"

新出现的女生身材高挑，有着一个尖尖的下巴，一双好看的丹凤眼里泛着冷漠而不屑的光，唇角轻轻扯着，露出一个嘲讽的笑容。

"什么？"还挂着两行泪珠的女生简直不相信自己的耳朵，她瞪大眼睛，脚步不由自主地向后退。

"我说，那你就跳好了。"仍是这样冷冰冰的语气，对面的女生仿佛黑暗中走出的女王，她每向前走一步，站在前面的人就能感受到一股咄咄逼人的气场。

仿佛不直接从楼上跳下去简直就不好意思似的。可是……

"啊——不，我只是想吓唬一下……"当女生一脚踩空整个人从天台上掉下去时，后面半句话都来不及说出来了。

楼底下爆发出一阵阵刺耳的尖叫声。

"真是吵啊。"天台上仅留的女生撇撇嘴，出乎意料地跟着纵身一跃，她张开双手，就像一只急速下坠的蓝色大鸟。当两扇黑色的羽翼从身后张起时，她已经伸出手牢牢地抓住了那个已经坠落到一半的女生。

后者的表情十分精彩，又像哭又像笑，绝望、懊悔、震惊、恐惧，眼珠瞪得就像要掉出来一样。

"真是愚蠢啊。现在你想让我放手吗？"黑色的羽翼在风中泛着冷冽而神秘的光泽，神情高傲的女生就像谈论着最普通的天气一样，冰冷的手指似乎随意就要松开的样子。

对方忙拼命摇头，伸出双手死死攥住了女生的校服。

身材高挑的女生嘴边泛起一丝不易让人察觉的微笑。

真是愚蠢啊，没与死亡擦肩而过的人，是不会明白生命是多么可贵。

当坠楼的女生安然无恙地着地后，她已经全身无力，瘫倒在地上大口大口地喘着气。

黑色的羽翼消失在冰冷的空气中，如黑色女王一样高傲的女生昂首挺胸地退场。人群中有人怯生生地问："她是谁啊？"

"她叫夜夕，二年级三班的女生夜夕。"有人打着哆嗦回答，"真是一个让人觉得恐怖的女生啊。"

当议论纷纷的人群最后逐渐散开时，角落里传来清脆的自言自语的声音。

"嗯……是在二年级三班吗？那么我要转学的班级就这样定了吧。"

🎵02. 你不害怕我吗？🎵

"真是……一堆愚蠢的家伙啊。"

穿着深蓝色校服的高挑女生站在图书馆门口，有点不屑地看着眼前一幕。夜夕突然觉得有点后悔了，早知道那天就不该多管闲事吧。

当她出现的时候，整个图书馆里就像郊外的坟墓一样，到处泛着一股沉寂的气息。所有同学看她的目光都带着敬畏、恐惧和困惑。

夜夕翻了个白眼，昂首挺胸地大踏步而进，真是不知道这些人都怕些什么。当她走到右边阅览区的时候，几乎所有同学都"唰"一下离开了座位。

她又不会吃人！夜夕面部抽搐了一下，不过这样也很好，反正她是一个人独处惯了。夜夕随意抽了一本书，走到第一排的位置优雅地坐下，托着腮一副非常专注地阅读书籍的样子。

看起来似乎更高傲了。

可是游离的眼神却显示她其实只是在发呆而已。

也许自己本来就是一个让人觉得恐怖的人吧。幼年父母忽然出了车祸，自己在孤儿院里也从来就没有朋友，尤其是经过那一个诡异的夜晚之后。

记忆已经有点模糊了，似乎只记得当破晓的曙光照射在长廊上的时候，大家都又惊又惧地盯着她的后背。

就像有什么在破骨而生，一对黑色的翅膀就这样突兀地在身体里长了出来。

"夜夕是怪物——"耳畔到处是惊悚的尖叫声。

真是可笑，这个说法从孤儿院一直伴随到了现在。夜夕撇撇嘴，可是心里突然泛起一种酸酸凉凉的感觉。不过很快这种不舒服的情绪就被一个清脆动听的声音打断了。

"二年级三班的夜夕吗？我是白璟。和你一个班级呢。"

咦？夜夕转过头，看到一个长得白白净净的男生，对方就坐在自己的身边，仿佛和她熟稔的样子。男生长得很漂亮，柔顺的银色头发，琥珀色的眼睛，脸上挂着一副人畜无害的阳光笑容。这种笑容，看了真是让人生气啊。

"喂——"夜夕对这种突兀的自来熟很不适应，她伸出手指敲了敲桌面，想让对方迅速离开。

通常当她板起脸的时候，所有人都会像只兔子一样迅速逃走。

可这个叫白璟的同班同学却像兔子一样温顺地低下头，就这样枕着她的手臂，然后……

居然睡着了……

"果然夜夕让人感觉很有安全感呢。"

"很高兴以前和夜夕定下了那份契约呢。说好要守护我一辈子的。"

"什么？你这个家伙——"夜夕几乎震惊得从椅子上跳起来，当她胳膊抬起的时候，白璟打了个呵欠，很随意地将她的手拉下来，然后换了个姿势，继续惬意地枕着。

白璟白皙的脸上似乎闪过一道银色的光芒，脸上逐渐出现了一层细细的鳞片。就像很久以前在那个诡异的黎明之后，她在孤儿院附近看到的灰衣服小男孩。

转眼之间小男孩变成了一条灰色的四脚蛇，吐着长长的信子，可怜巴巴地看着她。

·💕03. 你答应了要保护我一辈子🍃·

"我闯了一点祸，如果不将问题解决的话，就不能回家。"

因为做错事而不能回家的可怜男生，而且和她一样都有着诡异的体质。

本着同情心，夜夕去找了大块面包给他，对方一边津津有味地嚼着一边眼泪汪汪地对她说。

"我们定个契约吧，你管我吃管我住，罩着我，永远守护我一辈子。"

呀！

当零星半点的回忆在脑海里浮现的时候，图书馆里的女生觉得懊恼极了，可是这个怎么看都是很不公平的契约，她脑子进水了才会和他鉴定呢。

夜夕抱起书本转身就走，抱着她胳膊不放的男生打了个呵欠，也许是才睡醒，一副眼泪汪汪的样子。看起来可真是……

夜夕的心里突然产生一种罪恶感，仿佛就这样将白璟丢下是一种要被天打雷劈的重大罪过一样。

这绝对是错觉！夜夕毅然扭过头，由于心不在焉立即就撞上了一个人。

"小心。"

"啊,是你啊,夜夕同学。说起来上次你阻止了一场意外,我真是要感谢你呢。"

一个陌生的声音在耳边响起,夜夕抬起头看到一个高挑帅气的黑发男生,男生的笑容像阳光一样灿烂,说话的时候全身仿佛散发着一股强大的吸引人的魅力。

"林苍学长——"

本来安静的图书馆里爆发出一阵少女的尖叫声,举目望去到处都是一双双看得入迷的桃花眼。

真是一群没头脑的花痴啊。

夜夕向那些被男生魅力吸引住的女生表示了一种强烈的鄙夷之情。不过,听到这个名字的时候她突然明白了。

林苍学长,不就是上次那个准备以自己的生命来作为表白手段的女生的表白对象嘛。

嗯,如果仔细看的话。夜夕眯着眼睛,冷漠地扫了一眼对方,不愧是连续三年被评为圣榆的校草,在林苍学长完美的五官上居然找不出一点让人挑剔的瑕疵。尤其是,那双眼睛。

像黑夜一样黝黑的眼睛,像玻璃珠一样透明清澈的瞳孔里泛着一股神秘的光泽。夜夕有点恍惚,仿佛记忆深处像是见过的一样。

当林苍向她伸出手的时候,她终于知道为什么觉得他这么熟悉了。

"夜夕同学,我想邀请你参加我们社团办的茶话会。"

"时间就在明天,希望你一定要来。"

一封精美的请柬放在她的手心,虽然夜夕并不喜欢参加什么茶话会,可是对方的身上却散发着一股不容拒绝的力量。

夜夕望着他还未缩回的手有点出神。对了,就是这样的姿势。

在孤儿院漆黑的夜晚,浓重的黑雾里有个男生也是像这样伸出手,想将她从地上拉起来。

不过后来,对方就不见了,夜夕只记得黑夜里那双黝黑剔透的眼睛。

"好吧,我会去的。"应诺的话不由自主地就出了口,图书馆里又爆发出一阵女生的尖叫声。

"天哪，林苍学长居然邀请夜夕参加茶话会！"

真是一帮愚蠢的家伙。夜夕撇撇嘴，高傲地昂首挺胸走开，可是走了好久才发现肩上不知啥时趴着一条灰色的小蜥蜴。这只看起来不起眼的小动物眯着眼睛非常惬意地倚在她的长发上，欢天喜地地说："那么夜夕，以后要请你多照顾了。"

什么！哪有这样正大光明地赖上别人的！夜夕觉得自己快发狂了，她将手指捏成了拳头，咬牙切齿地警告他。

"小心，我回去就煮了你。"

"夜夕才不会呢，夜夕和我有过契约，说过要保护我一辈子的哦。"

事实证明夜夕的警告完全不起作用，小蜥蜴稍抬起头，灰色的眼睛里泛着十分信赖的目光。

被这样的目光注视着，仿佛什么残忍的话都说不出来了。

夜夕嘴角抽搐了下。

"回去后如果乱碰我的东西，我真的会煮了你哦。"

高挑的女生嘴里说着警告的话，昂首挺胸冷漠地走了。小蜥蜴打了个呵欠，笑眯眯地继续趴在她的肩上，十分安心地打着盹。

❧04. 莫名其妙的预言❧

林苍学长社团的茶话会是在第二天晚上召开，地点就在圣榆校园白色的古典建筑物里。

当夜夕挂着一脸冷漠的神情走进热闹的茶话会时，气氛似乎有一点凝结。

又是那种又惊又惧的表情。这些愚蠢的人啊。

夜夕"哼"了一下，昂首挺胸地迈步走了进去，她经过的地方人群立即哗啦啦散开了。而被女生们众星捧月般簇拥着前来的林苍则非常热情地向她打招呼。

"夜夕，快来，我给你看一样非常奇妙的东西。"

夜夕还没来得及回应，肩上的蜥蜴就迅速跳到了餐桌上，直接向一块香味扑鼻的樱桃奶酪蛋糕扑去。餐桌旁立即又响起一阵女生的尖叫声。

白璟这个家伙，是变身已经变上瘾了吧。夜夕撇了下嘴，根本不去管全身浸在白色慕斯里的"宠物"。

林苍做了个非常优雅的姿势，请夜夕跟他走到大厅当中。整个大厅沉浸在华丽辉煌的灯光之中，但是各种可口美味的茶点并不是同学们关注的焦点。

"哇，这可真是太神奇了。"

"预测得完全准确啊。真是一个奇妙的笔记本呢。"

讨论的声音在大厅里此起彼伏，一大群同学聚集在一起，当林苍领着夜夕走到他们面前的时候，大家自觉地就分开了。

夜夕这才注意到大家在看的是一个厚实的硕大的笔记本，本子足有半张课桌那么大，雪白的纸面上有红色的字迹在慢慢浮现，就像有一支隐形的笔在写字一样。

"来，夜夕看看你未来的命运会是怎么样的呢？"

林苍非常热情地向夜夕打招呼。

夜夕于是明白了，这是一个能作出预测的笔记本。

"妈妈会给你买你看中了好久的漂亮裙子。"

"上次考试的成绩你得了Ａ，妈妈会奖励你去别的城市旅游。"

夜夕顺手翻了下，各种各样预测的结果在一页页笔记本上留下了痕迹。

"如果实现的话，字迹就会消失。是不是很神奇呢？夜夕同学，不如你也来试一试。"林苍向她解释着并提出了邀请，然后还没等她点头，就直接拉着她的手轻轻放在笔记本空白的页面上。

"夜夕。"

果然，笔记本上逐渐出现了几个红色的字。

"你将会……"

可是夜夕还没来得及看清，笔记本上冷不防就蹿出了一道雪白的影子，那是身上还滴着奶油慕斯的蜥蜴，它在笔记本上来回蹦跶着，灰色的爪子使劲在纸面上磨蹭。

于是几个刚浮现出来的红字就这样被蹭破了。

"你将会……很惨。"

整句话全部出现的时候，虽然中间被蹭破了两个大窟窿，但是大概意思还是一目了然。

她将会很惨？

一大团红色的墨水忽然很突兀地出现在字的旁边，就像泼在纸上的鲜血，零星点点就像一根根从空中坠落的羽毛。

这是说，有人会对她不利吗？

这句突兀出现的预言让夜夕觉得心里非常不舒服，她眯了下眼睛，伸出手指直接将那个惹事的小东西拎起来甩了出去。

"你这个家伙，看来不给你点教训的话是不行了。"

白璟像一颗划过天际的灰色流星，连一点声音都没来得及发出来。

"算了，不过是一个笔记本而已，也许并不准。"林苍学长将笔记本合上，非常温和地安慰她。

茶话会依旧热闹非凡，到处洋溢着茶点甜甜的香味。夜夕高傲而冷漠地穿梭在人群中，可是脑海里却总是浮现出那双可怜巴巴的水汪汪的眼睛。

真是的，那条臭蜥蜴总是让人不放心啊。

05. 你会是当年那个人吗？

当夜夕找到白璟的时候，后者已经快变成一条扁平的蜥蜴干了。

"啊，真是太讨厌了，为什么林苍学长的茶话会上会出现这么恶心的东西。"

一个娇小的女生尖叫着往白璟的身上踩了一脚又一脚，其他几个女生也嫌弃着站得远远的。

夜夕的心仿佛被揪了起来，她撇了撇嘴，泛起一丝冷笑。

"这个笨蛋，被欺负成这样也不知道反击吗？"

"真是个没用的东西呢。"

夜夕一把推开那些女生，像高贵的女王般拎起娇小女生的衣角，将她贴在墙角上，另一只手拍在墙上，冷漠地看她一眼。

"再恶心的东西也是生命啊？它又没害你。况且，你不知道这是我的宠物吧。"

"夜，夜学姐。"对方已经被吓得瑟瑟发抖，哭丧着脸小声说，"我不知它是你的宠物……啊！"

凄厉的尖叫是因为夜夕似乎伸手将一些什么东西塞进了她的衣领，毛茸茸的，让她感到又痒又恐惧。

"夜学姐，你放的是什么！"

"几条小虫子。"

夜夕笑容看起来非常阴险，但是转过身的时候她却悄悄地吹走了手心底一些黑色的羽毛碎屑。这些愚蠢的女生啊，吓吓她们还真是一件有趣的事呢。

"啊——"

女生绝望的尖叫声在茶话会的长廊里响了整整半个小时，夜夕高傲地将白璟拎起来，白了他一眼。

"既然要让我永远保护你的话，你也好歹给我争气点。不管怎么说，你也是我夜夕的宠物，真是一点气势都没有。"

类似这样的碎碎念足足唠叨了十分钟，灰色的小蜥蜴眯着被踩肿的眼睛，一声不响地听着，看起来似乎很满足的样子。

当夜夕身影远去的时候，角落里闪过两道虚无缥缈的黑影，两个黑影压低了声音窃窃私语。

"不愧是殿下啊，被普通人类揍成那样都能忍着不出声。"

"为了完成任务，殿下也真是蛮拼的啊。"

当夜夕重新来到茶话会上的时候，林苍学长看起来一脸焦灼的样子，黝黑剔透的眼睛里闪烁着不安。

"夜夕，我还是先送你回去吧。"

夜夕想了想没有拒绝林苍学长的好意。

她很想知道，林苍学长到底是不是当年那个在黑暗中向她伸出援手的男孩。

06. 我才不会再让你出现在夜夕面前

于是就这样跟着林苍走出热闹的茶话会，校园的夜色已经变得很浓，当夜夕发现两人已经走到寂静的小树林边上时，终于忍不住开口询问。

"我们是曾经见过的吧。"

林苍黝黑剔透的眼珠里泛出一丝奇异的色彩，不知道是因为月亮躲进了云层里还是角度的问题，夜夕突然发现林苍学长整个脸庞都瞬间变得黯淡了。

就像那个诡异的晚上，被浓重的黑雾一点一点地渗进肌肤里一样。

"对，我们曾经见过。"

果然是这样的答案，可是下一句却让夜夕震惊得几乎不相信自己的耳朵。

"我们都是同一天产生的怪物，呵呵，说起来也是同类呢。不过你的运气似乎比我要好一点。"

"夜夕你的身上带有魔界皇族的力量。皇族的力量啊……"

说到这里的时候，林苍的神情变得贪婪了起来，他舔了下嘴唇，本来热情温和的脸庞忽然变得非常狰狞。

一股强烈的杀气向夜夕笼罩过来。

"唰——"出于自卫本能，夜夕身上黑色的羽翼及时地在半空中伸展开了来，就像夜色中浓重的帷幕，迎接着前面两只向自己伸出的尖利爪牙。

"对，就是你的翅膀，它有皇族的力量。不如，你送给我吧。"

林苍的声音变得尖锐却又充满了强烈的蛊惑，夜夕虽然想反扑，可双脚却像生了根似的忽然一动都不能动。

就连展翅飞翔的能力也完全丧失了。

黑色的浓雾变得更加浓重起来，当夜夕回过神的时候，林苍冰凉而锋利的指尖已经触到了她的黑色羽翼，就像两把冷冽的匕首，眼看就要将黑色的翅膀连根掐断。

周围洋溢着一股强烈而浓重的危险气氛，夜夕挣扎着动了动手，用尽全身唯一的力量，将仍趴在肩上的白璟甩了出去。

这个家伙是吓傻了吧。

"不过既然说要保护你一辈子的话，我是不会让你遇到危险的。"

夜夕的脸上依旧带着高傲的笑容，既然是定下的契约，她可不会轻易毁约啊。

"真是个愚蠢的人。自己大难临头还想着要救自己的宠物。"

全身都变得黝黑的林苍在狰狞地笑着，这样的笑容在夜夕的眼前越来越虚幻，最后就什么也没有了。

黑色的羽翼奋拉下来，夜夕闭上了眼睛轰然倒在了树林里，一些已经栖息的小鸟被惊得从林中飞了起来。

远远地，一道白色的身影像鬼魅般悄无声息出现在林苍的身后。

"如果你是要皇族能量的话，来取我身上的岂不是更好？"

声音听起来特别的诚恳，林苍被惊得收回了指尖，有点困惑地望着微笑着和他说话的少年白璟。

少年穿着一尘不染的华丽白袍，他的全身洋溢着一种高贵的神秘的气息，就像一个纡尊降贵来到人间的天神一般。

"终于可以完成任务了啊。"

白璟笑嘻嘻地向他解释："父王说身为皇族，自己做错的事一定要自己去挽回。说起来我已经找你好久了呢。"

怎么说呢？身为魔界皇子殿下，年幼的时候却走失到了人类世界，结果魔界里黑暗的力量也被自己无意间释放到了人类的世界。

林苍这个怪物就是这样制造出来的，还有夜夕身上黑色的翅膀。

白璟伸出手，一股炽热的白色光芒就像烈火般向林苍袭去。

"啊——"当林苍的惨叫声消失在小树林里的时候，白璟睁着水汪汪的大眼睛，专注地看着对方的眉眼在瞬间化成了一道道黑色的浓雾。

"真是对不起，又让你回到原形了。不过……"白璟坚定地握紧了拳头。

"不过我才不能让你重新出现在夜夕面前。我不喜欢她盯着你的脸看。明明当年救了她的人是我呢。"

林苍是黑暗力量造出的虚影，他形成人形的时候，很自然地也就和误入人类世界的白璟五官相似了。

❦07. 这样的你，我很是喜欢呢❧

将黑暗力量全部收回后，白璟蹲下来，像很久以前一样慢慢地向晕倒中的夜夕伸出手。嗯，以前因为在黑暗中的缘故，所以夜夕才觉得他的瞳孔看起来既黝黑又剔透吧。

说起来，当时幼年的皇子殿下还苦恼了好一阵，虽然对于将黑暗力量怎么收回去已经有了很好的打算，可是夜夕是普通人类，怎么样也不可以将这个小女生消灭在空气中吧。

"嗯，既然已经沾到皇族力量的话，我就让你当我的宠物好了。"

当年小小的皇子殿下考虑了好久，最后终于愉快地决定了。

树林里白璟伸出的手上泛出了一层细细的鳞片，当他逐渐变成了一条威武的白龙时，树林里黑色的雾气已经消失殆尽，夜夕本来苍白的神色也逐渐变得鲜活起来。

小白龙伸了伸白色的爪子，将刚才在那本预测未来的笔记本上抠下的字捏碎了。

那是，"被骗得"三个字。

连起来就是：夜夕，你将会被骗得很惨。

嗯，夜夕还是不要知道的比较好吧。白璟有些心虚地重新变成了穿着白袍的男生，安静地蹲在旁边等着夜夕醒来。

一边在等的时候白璟想起那时他走失到人类世界后，第二天对夜夕说的话。

"嗯，要不我们定个契约吧，你当我们皇族的宠物好了，我保证供你吃、供你喝、照顾你一辈子。"

那时的夜夕还是一个有点胆怯的小女生呢，受了惊吓的她拼命点头，看起来非常满意的样子。

不过……

后来因为不想被人欺负而让自己变得越来越强大，像黑色女王一般的夜夕自动就将这份契约在脑海里想象成了另一种场景。

嗯……不过这样的夜夕他很喜欢啊。

当夜夕醒来的时候，她觉得脑子浑浑噩噩的，浑然不觉关于林苍的所有回忆已经全被白璟取走了。她打了个呵欠，拍了下继续趴在自己肩上的灰色小蜥蜴，高傲地训斥他。

"真是的，再乱跑的话我回去煮了你哦。"

说完昂首挺胸地转身就走了。

白璟睁圆了眼睛，拼命地点着头，一副非常听话的模样。

当他们的身影逐渐消失在小树林里时，两道黑影又在开始窃窃私语了。

"不愧是皇子殿下啊，为了将普通人类收服成宠物不惜变成蜥蜴这种小动物啊。"

"皇子殿下也真的是蛮拼的。"

"可是……为什么我觉得殿下看起来比较像宠物的样子呢。"

嗯，其实也许这就是……真相吧。

我从来没想过，自己竟然真有发光发热的一天。

魔法师会发光了不起哦

◆文/小兰乱流年　◇图/J

❦01. 我被别人叫作白眼狼，并非我吃里爬外。❧

枫叶似火，十月的圣德学院内四处弥漫着令人紧张的气息。

我低着头，怎么也没料到导师布林竟会安排米修做我的队友。我……我竟然跟米修一组！

"老天保佑，还好诺兰这白眼狼没跟我一组。"听到耳边传来嘲讽的声音，此时我的嘴角却忍不住向上扬起。

我叫诺兰，和其他同学一样是生活在乐冰谷的雪狼，不过我们很少暴露自己的狼形态。

我们雪狼一族除了能够变化人形之外还有着与生俱来的巫力，巫力越强，瞳孔的颜色就越接近金黄色；如果没有巫力，或者巫力很弱，瞳孔就会是红色。

可我却被别人叫作白眼狼，并非我吃里爬外，只因我的眼睛是银白色的。

乐冰谷的幼狼在十二岁时就会被送到圣德学院进行更加系统规范的巫力修炼。

父亲曾安慰我，先天不足，后天来补。可不管我怎么努力，我都几乎无法使用巫力。乐冰谷以巫力为尊，巫力越强就越能得到别人的尊敬；反之，像我这样的白眼狼只会成为同学眼中的笑柄。

在被父亲送来圣德学院之前，我几乎用尽所有办法想要劝说他把我留在家里。

可父亲的态度异常坚决："我们雪狼族是群居生灵，如果无法融入集体的话，后果你是知道的。"

"后果不就是蹲在家里面当一辈子啃老族？"我漫不经心地歪着头说。

父亲黑着脸狠狠揪住我的耳朵，威胁我："如果你不去圣德学院，从今天起我就跟你断绝父女关系。"

好吧，比起被父亲扫地出门，我宁可选择来这里被人笑话。

雪狼族的巫力主要体现在控制水上。

我的同学可以轻易地利用空气中的水变出冰刃、冰盾进行战斗。按照惯例，导师会选择巫力相当的同学作为队友。我的巫力值几乎为零。

我原以为布林导师会让我这样的异类独自一组，结果他竟然说："米修你愿意和诺兰一组吗？"

样貌清俊的米修突然抬头定定地看向我，我这才发现他的眼瞳竟然已经接近金黄。难怪他会被乐冰谷的长老们称为少年天才。

我无法看出米修眼中的情绪，他会拒绝导师的安排吗？任谁都会嫌弃我吧。强烈的阳光极为刺眼，我紧抿着唇，就像是等待宣判死刑的囚徒。

时间一分一秒地过去，虽然我没有巫力，可自尊心却还在："导师，我……"

就在我准备谎称自己有异性恐惧症，不愿意和米修一组时，米修突然打断我的话开了口：

"好。"

02. 诺兰，你真的一点巫力都不会？

有谣言说米修目中无人不好相处的，可他明明这么好，竟连我这样的白眼狼队友都不嫌弃。我欣喜不已，忍不住蹦到我亲爱的队友面前想要拥抱他。结果我的爪子却被米修狠狠拍开，他看也不看我，转身说："如果你敢拖我的后腿，我就杀了你。"

一阵凉风袭来，我看着米修高傲的背影忍不住抽了抽眼角。

圣德学院的成绩是按照组员平均成绩来计算的。所以米修跟我一组的话，我简直就是占尽他的便宜，就算不想及格也难。

但对米修而言，没有得到满分的话那简直就是对他的侮辱。

看到 82 分的试卷成绩时，我兴奋得在原地打转，甚至已经开始思考要从父亲那里索取怎样的奖励。

送我来圣德书院之前，父亲许诺过只要我能考上 80 分，就能问他要一件礼物。

有了米修这样神一样的队友，我仿佛看到无数的礼物已经在朝我招手。

我开心地准备蹦跶回家，然而下一刻却被米修猛地按在墙上。对上米修阴沉的双眸，我哆嗦着嚷道："君子动口不动手! 快放开我!"

米修却像是听不到我的声音，就在我被他看得心里发麻时，他一拳砸在我身侧的墙上："听说你没有巫力，没想到连脑子都没有。居然连理论考试也只能勉强刚刚及格。诺兰，我警告你，如果你下次还是只能拿这点分数，别怪我像修理这面墙一样修理你。"

米修话音刚落，我身后的墙突然轰的一声全部垮塌。

我转身难以置信地看着眼前的这一片废墟。没想到米修的破坏力竟如此惊人。

如果刚才他那一拳是砸在我身上的话，我还能看到明天的太阳吗……

我心有余悸地摸了摸脖颈说："下次我绝不会再让你失望。"

耳边传来米修的一声冷哼，我还以为他会立即离开，结果他却依旧站在原地打量着我。

这让我甚至怀疑自己脸上是不是还沾着饭粒。

"诺兰，你真的一点巫力都不会?"米修挑眉问道。

这个问题曾有许多人问过我。我都是选择沉默以对。然而面对巫力值惊人的米修，我如果不表现积极一点，很有可能下一秒就会被他送进天堂。我紧攥着手低声道："其实我也并非全然不会。"

❧03. 要成为我的队友，你还需要更多努力。❧

夜幕降临，我站在静谧的塞拉湖边缓缓伸出掌心，指尖发出的光芒映照在米修清俊的脸上。

心知他肯定会笑话我，我叹气道："我生来就是一只怪胎，就连会的巫力也如此奇葩。所以你要是觉得我有拖你后腿的话，我可以去向导师申请自己一个人一组。"

"你一直都在拖后腿。"米修毫不委婉地说道。他突然运用巫力让寒冰包裹住我指尖的光芒。一抹异样的情绪极快地自米修眼中闪过，他拽住我的衣领，神情微怒地盯着我说，"在尚未竭尽全力之前，就轻言放弃，像你这样愚蠢的队友，我宁可不要。"

"我……"望向对方鄙夷的目光，我有些底气不足地说，"我要是放弃的话也就不会跟你做队友。"

当时我只是不想被米修瞧不起才这样说的。在得知自己没办法像其他族人那样运用巫力之后，我就把自己定义成废人，就连听到别人私底下如此讥讽我，我也不会在意。

然而我却因为米修的一句话而改变。

那天，我正躲在草丛里睡懒觉，结果不小心偷听到别人的对话。

茶余饭后，这些人免不了拿我这个废物来说事。

"听说诺兰连化雨成冰的基本巫术也掌握不了，这样的蠢货居然也能跟米修一组。我看着她那双银白色的眼睛就恶心，要不我们联合起来把她赶出学院……"

然而平日里总爱欺负我的胖子丹尼还没把话说完，一支锋利的冰箭就从他耳边擦过。

只见突然出现的米修冷着脸说："诺兰的去留并非你们能解决的。"

看到吓得尿裤子的丹尼，我忍不住"扑哧"笑出声来。

"是谁藏在那里？"米修蹙了蹙眉朝我的方向看了过来。丹尼和他的四个小伙伴，显然没料到我会出现在这里。

因为羞愤，又加上我只是废物而已，所以两秒钟之后，他们仗着人多决定给米修一点颜色看看。

"你闪开。"米修看了我一眼说。我原本是想趁机去找导师来制止这场恶斗，结果却被看穿我心思的丹尼困在冰笼里。

看到锋利的冰刃划破米修脸上的皮肤，我忍不住大声喊道："丹尼你这死胖子，以多欺少算什么英雄。"

丹尼最讨厌听到人家说他胖，所以我很成功地惹怒到他。

他放弃对付米修，突然用念力把冰笼变成巨大的冰块，而我则被冰冻在里面。周围的空气瞬间被隔离，我不但不能呼吸还要忍受刺骨的寒冷。

所有的声音都离我远去，我就像是看无声剧幕一样，看着米修和丹尼他们打斗。眼皮越来越重，我从来没有想过自己的小命会丢在圣德学院。

如果早知道是这样的话，刚才吃饭的时候我就应该要三份菜才对。

我浑身逐渐变得麻木，就在我快要阖上双眼的时候，我看到脸上到处挂彩的米修竟然大力敲着我面前的冰墙。

米修的脸近在咫尺，我甚至能够看到他脸上笼着阳光的绒毛。我听不到他的声音却能明显感受到他击打在冰墙上的力道。撞击冰墙的拳头溢出殷红的鲜血，我看到米修的口型在说："别放弃，我知道你能行。"

就连我自己都不相信我能行，然而一直以来对我冷眼相待的米修，他竟相信。这一刻，本应该对死亡感到恐惧的我，心里突然蔓延出一丝暖意。

听我父亲说，生灵在面对死亡时总能创造奇迹。

可我从来没想过自己竟然真有发光发热融化巨型冰块的一天。

当我喘着粗气重新沐浴在阳光下时，我眼前的人除了米修之外，几乎是用见鬼的眼神来看我。

果不其然，五个笨蛋在愣了几秒钟之后大声嚷着"有鬼啊"，纷纷屁滚尿流地逃走了。

青天白日也能见鬼？我冷哼一声，看向气喘吁吁的米修伸出手笑道："谢谢你，我的队友。"

我的手僵硬在半空中，米修迟迟没有反应。我这才想起米修一直嫌弃我来着，怎么可能会跟我握手。

就在我黯然地耷拉着脑袋准备将手收回来时，米修却一把握住我的手站了起来说："要成为我的队友，你还需要更多努力。"

手心沾染上米修手上的污泥，我竟不嫌弃地看了许久。

❦04. 就凭你这副蠢样还想在今年期末考得满分？ ❦

自从学院传出闹鬼的消息之后，我不介意把这消息真实化。于是，我那些爱走夜路的同学们经常可以在湖边看到一个发光的幽灵。

看到那些尖叫着逃跑的胆小鬼，我忍不住笑出声来。而就在这时，米修总是无情地用树枝抽着我手臂说："专心点，就凭你这副蠢样还想在今年期末考得满分？"

我不悦地瞪了米修一眼，却继续听从他的指示努力用念力幻化出大光球。

最初幽灵事件在学院传开时，我并没有在意，毕竟我才是始作俑者。但当我训练结束，半夜里拖着沉重的步伐回宿舍时，我竟真的在路过图书馆时看到了一抹光影。

"啊！"我大声尖叫着一屁股坐在地上。显然米修要比我镇定得多，他立即朝光影追了过去。

俗话说，夜路走多了总会见鬼。当去而复返的米修看到我被吓得脸色苍白浑身哆嗦时，他竟取下自己戴在脖子上的木雕项链给我："这是我母亲去世前留给我的护身符，既然你这么怕鬼，这项链就先借你戴着。"

不想米修竟然会把这样重要的东西给我，恐惧在瞬间淡化成感激，我握着米修的手激动地说道："米修，我上辈子一定是拯救了整个地球，所以才会有你这样的好队友。"

知道我惊魂未定，米修抽了抽嘴角，却并没有甩开我紧攥住他的手。米修说，他并没有追到那抹光影。

他原本以为这只是同学间的恶作剧，直到今天早上传来消息说昨晚院长遭到袭击至今昏迷不醒，而一直关押魔兽的钥匙则被人盗走。

我听到"魔兽"两个字时，吓得脚一软险些跪在地上。我曾听父亲说，魔兽是可以幻化成各种形式存在的怪物，当初他为统治乐冰谷而杀死不少族人，院长制伏后关押在圣德学院的密室中。

没想到这怪物现在竟然逃了出来。就在大家为魔兽袭击院长的事感到震惊的时候，胖子丹尼竟没出息地哭了起来。

"魔兽可以变成我们每个人的样子，说不定他现在就在我们这群人里面。"丹尼的话让周围的同学彼此瞬间拉开距离。我抬头看去，此刻大家眼中写满了不信任。

"大家静一静不要慌张，学院会尽最大的努力尽快找出魔兽。"导师布林见状连忙开始安抚起大家的情绪。

魔兽虽然成功从密室逃了出来，但在他尚未拿到自己被院长卸下的翅膀之前，他是绝不会离开圣德学院的。

米修心事重重地望向院长所在的房间，这还是我第一次看到他魂不守舍的样子。我拽了拽他的衣袖："你怎么了？"米修回过神来说："你难道不怕？"对上我疑惑的目光，他又解释说，"你不怕我是魔兽吗？"

我看着米修愣了一瞬说："魔兽他……会控水术吗？"米修随即反应过来我的意思，他突然朝着同学高喊："现在魔兽可能就混在我们中间，他不能控水成冰，你们现在全部变出自己的武器！"

数秒钟之后，所有人手上都多出一件兵器，除了我还有站在人群中哭泣的丹尼。

"是他。"
"是她。"

我和丹尼异口同声地说道。虽然魔兽并不知道我没有驾驭水元素的能力，但这不代表我的同学们会不知道。

就在大家将所有目光转向丹尼准备进攻时，突然一阵飓风吹来。再次睁开眼看清周围的环境时，我却发现在我身旁竟站着另一个"我"，而此时同学们的目光都显得极其茫然，不知道哪一个才是真的我。

此时的魔兽就像是一面镜子一样，我说什么他也跟着说什么，不管是动作还是表情都和我一模一样难分真假。要不是知道他是魔兽，我真怀疑他是我失散多年的好姐妹。

我朝此时举起冰刃的米修眨了眨眼说："是他。"
魔兽也跟着我这样说。

05. 你该不会蠢到连你的队友都分不清楚吧？

我抽了抽嘴角，觉得魔兽真是蠢得可以。

于是，我如法炮制，在指尖变出一缕星光。我以为魔兽的能力就仅限于能够随意变换自己的形态而已，没想到他竟然还会控制光元素。随即，我听到魔兽凑到我耳边说话的声音，那是只有我才能够听到的轻笑声。

霎时，我的脸色一片惨白，仿佛身体被冻住了一样无法动弹。

魔兽告诉我说，我之所以有着和魔兽一模一样的银白色眼睛，还有控制光元素的能力，那是因为我的母亲是一只魔兽。正是因为我近日使用属于魔兽的能量无意中削弱了困住他的封印，所以他才能够逃出来。

所以，其实是我放魔兽出来的……

　　我从没有想过，我的母亲竟然会是异类。这么说来，我也是异族人，也是半只魔兽……此时，我就像一片被风吹落的枯叶，忍不住瑟瑟发抖。

　　然而就在这时，突然有人提议说："既然分不出来，干脆把他们两个一起杀了。反正诺兰也只是个废物。"

　　魔兽抓住我的手继续低语："我的族人，这些雪狼说要杀你，不如你跟我合作一起杀了他们，我们一起统治整个乐冰谷。"

　　我整个人一顿，抬头看向周围对我充满敌意的同学。因为身体的异样，从我出生起，我就是他们眼中的废物，

　　白眼狼。如果被他们发现我的真实身份，那我肯定是会被驱逐，或者是被杀害。

　　"诺兰，你只有跟我一起，才不会被人看不起。"魔兽不断怂恿我的声音在耳边响起。

　　在看到表情狰狞的同学们拿着武器向我袭来时，内心充满恐惧的我紧攥着手让自己的身体发出白光，刺目的光芒迫使他们根本无法再睁开双眼。我本想拽着魔兽逃跑，但他竟在这个时候朝周围射出无数光箭。

　　"不要！"我声嘶力竭地大声吼道。魔兽笑着指向受伤的同学："如果我们不反抗，他们就会杀我们。"

　　就在我惊恐无措时，闭着眼睛的米修突然朝我的方向伸出手喊道："诺兰，你该不会蠢到连你的队友都分不清楚吧？"

　　过去米修是我的队友没错，可是如果他知道我的身份还会承认我这个队友吗？我狠狠摇着头说："你不是我的队友。"

　　"很好，我的队友。现在就让我们一起消灭这些曾经伤害过我们的敌人。"魔兽狰狞地笑着。

　　看到魔兽笑着将一把光剑朝米修胸前刺去，我的心就像被人狠狠握住一样难受。

　　就算过去我被人嘲笑，米修却并没真正嫌弃我，相反他一直都在鼓励我。

我不能让真正关心我的人死。我永远也不会忘记自己被丹尼冻在冰块里时，米修担心我的眼神。

在魔兽的光剑还没落下之际，无数的剑刃已经刺穿他的身体。

此时，魔兽难以置信地转头看向我："你……"魔兽艰难地嚅动双唇，最终也没能把话说完。

此时我浑身的光芒早已淡了下来。见我杀了魔兽，大家竟也没追问我为什么可以控制光，就把我高举起来雀跃地欢呼。

06. 不管你是什么身份，我都只认你这个队友。

一夕之间，我从同学们眼中的废物，变成他们心中的英雄，现在就连丹尼都会感激地对我微笑。他说当时他被魔兽关在密室里，如果不是我打败魔兽，就没人有机会去密室里救他。

对于大家的感激，我不但没有感到欣喜，反而是忐忑不安。害怕他们有一天发现我的真实身份，那一双双眼睛里的崇拜之情就会被厌恶所取代。

这天是我的生日，我却没有告诉任何人而是选择灰溜溜地回家。

"父亲，我的母亲真是一只魔兽吗？"

我在圣德学院里发生的事，父亲是知道的。我多么渴望他能给我一个否定的答案。

可父亲却点着头告诉我说，对不起，是他害怕我会因此更加自卑，所以不敢把真相告诉我。

我以为我已经做好接受事实的准备，但当听到父亲打破我最后一丝期望，给我判"死刑"的这一瞬间，我还是难过得号啕大哭起来。

"诺兰，不管你是什么身份，我都只认你这个队友。"

听到熟悉的声音，我抬起头来竟看到米修端着蛋糕从我家厨房走了出来，而他身后还跟着许多班里的同学。

看到我一把鼻涕一把泪的模样，胖子丹尼挠着头发说："我们是想给你一个惊喜来着。诺兰……以前嘲笑你的事，我得跟你道歉。不管你是不是半只魔兽，你都是拯救我们的英雄，也是我们的同学。"

"你们……"

我怔怔地看着大家激动得说不出话来，安静的房间里突然响起一声奇怪的叫声。

声音的来源者丹尼脸颊羞红地摸着肚子说："它好像有点想吃蛋糕了。"

大家顿时发出一阵哄堂大笑，而我则边哭边笑地看向把生日蛋糕递到我面前来的米修说："谢谢你，我亲爱的队友。" 🍀

我们要替逝去的人，好好地活着，好好地感受这个世界。

◈永无岛有泥人祭◈

◆文 / 水无心　◇图 / 明明贝贝

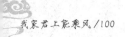

01. 这是哪儿啊？

累！痛！眼皮似有千斤重，睁都睁不开。

这是千月有意识后的第一感觉，耳边似乎还有声音。

"她怎么这么久还没醒啊？"

"估计是被海浪冲到岛上的时候，受伤太严重了！再等等看吧！"

千月再次沉入昏迷中。

等她再次醒来时，一串银铃般的声音传入千月的耳朵里："你醒了，你终于醒了！"

长期沉浸在黑暗里的眼睛好不容易才适应了明亮的阳光，千月这才发现，自己躺在一座简陋的小草屋里，发出银铃声音的是个站在床前的、和自己一般大小的女孩儿。

"你已经昏迷了三天啦，我去找李大娘来！"女孩儿像云雀一样欢快地跑出，不一会儿领过来一个面目和蔼的中年女人。

李大娘带过来的粥散发着丝丝香气，诱惑着千月的味蕾和饥肠辘辘的肠胃。

千月疑惑道："这是哪儿啊？"

"这是泥人岛！"李大娘笑着回答，双手把粥递了过来。

泥人岛？这就是泥人岛？千月的心陡然提了上来。柳爷爷的忠告清晰地在耳边回响："泥人岛居住的都是泥精，他们诱惑过往的船只，吸食人的精气……"。

看着千月防备的神色，李大娘笑了笑："放心吧，没毒。我们要是想害你，当时也不会救你了。"

千月看着李大娘诚恳的笑容，终于还是接过了她手里的粥。

·❦02. 要到泥人岛去找妈妈❦·

一晃眼，千月已经在泥人岛生活了一个月之久。

她跟李大娘和玲珑也渐渐熟识起来。玲珑热情活泼，心无城府。千月跟她说想看看泥人岛的风景，玲珑就带她走遍了泥人岛大大小小的角落。

这一个月的时间，千月把岛上的人见了个遍，却没能见到自己心心念念的那张脸。

这一天，玲珑带千月来到了河滩边。玲珑兴致勃勃地脱下鞋袜，将一双纤白的脚踏进水里，踏出朵朵素白的水花。

玲珑看着呆站在一旁的千月，笑得明媚："千月，快来啊，水好清、好凉呢！"

千月微笑地看着这一切，但却没有动作。她的视线转移到了旁边的一个小男孩儿身上。

小男孩儿大概只有七八岁，他一脸羡慕地盯着在玩水的玲珑，一脸跃跃欲试但又非常害怕的表情。过了一会儿，大概实在忍不住了，小男孩儿跑到了河边，想像玲珑一样跳进水里。但却被玲珑一把抓了个正着："小石头，不许下水！"

小男孩儿很不服气："为什么你可以下水，就不准我下水？"

"你下水，身体不化的话，我就让你下。"

小石头顿时语塞。

千月看着这一幕，心中一惊。

"泥人岛上的泥人们其实都是泥精，他们虽然有人的外形，但还是带了泥的特性，动作僵硬不灵活，怕晒，怕水。后来，有个巫师可怜他们，就指点他们只要吸取一点儿人的精气，就能变得像真人一样，可以随意跑跳，不用再怕水，也不怕长时间在阳光下暴晒，不会动不动就裂开了。为了吸取精气，泥精们不知道害了多少人类。大家在海上捕鱼的时候，总会远远地就绕开泥人岛，生怕自己会遇到不幸。"

那一夜，当千月决定要到泥人岛去找妈妈时，柳爷爷为了阻止她，讲了很多关于泥人岛的故事。

柳爷爷有一张饱经风霜的脸，皱纹里写满了人生经验和智慧。他问坐在船舱里聚精会神听故事的千月："你真的要去泥人岛吗？"

千月思忖了一下，最终还是坚定地点点头："柳爷爷，无论怎么样，我都得试试，我娘是在泥人岛附近遇到船难的。有一丝生还的机会我也要去找找，我只有我娘一个亲人了。"

老人无奈地摇了摇头。

将思绪从回忆中拉回来，千月轻轻叹了一口气，不知道柳爷爷现在怎么样了，要是能传个信儿给柳爷爷就好了，告诉他自己很安全，让他不用担心。

说起来，泥人的特性跟柳爷爷说的一模一样，他们的确怕水，也怕晒，而且动作僵硬。

千月就曾亲眼看见过一个泥人在阳光下待久了，身上就出了道道裂纹。

但玲珑和李大娘似乎不太一样，她们身体灵巧，就像……真正的人一样。

◆03. 没想到泥人是这样获得生命的！◆

"玲珑，这些年来，真的没有外人来过泥人岛吗？"不知道千月是第几次这样发问了。和李大娘她们熟识之后，千月便将自己来泥人岛的目的说了出来。

玲珑的眼睛里闪过一丝迟疑，然后坚定地摇摇头说道："没有！我印象里真的没有外人上过岛来！"

看着千月失望地垂下头，玲珑的心里也很不好受，她拉起千月的手："千月妹妹，别伤心了，走，我带你去一个好玩儿的地方！"

泥人岛其实是一座风光秀丽的小岛，这里有许许多多千月叫不上名字的花儿在随风摇曳，红红绿绿的花儿像颗颗宝石一样，镶嵌在泥人岛的土地上。

千月跟着玲珑踏过花香满径的小路，穿过丛丛高立的芦苇荡，最后来到了河滩边。

夕阳悬挂在天边，将落未落。晚霞映照在河里，仿佛给小河披上一层纱一样。

脱下自己的鞋子赤足踏在软软泥土上，千月感到一种说不出来的温热从脚底传来，似乎把心也给煨热了。

千月跟着玲珑蹑手蹑脚地来到一处芦苇丛，然后悄悄趴下身子，静静地听着芦苇丛外一个女人虔诚的祈祷……

女人的脸庞在夕阳的辉映下充满了一种母性的光辉，她盯着手里的一个小人儿，眼睛里的柔情似乎能把寒冰给融化了：

"我常常想，你以后会是一个什么样的人。我很希望你是个女孩儿，可以像玲珑那样调皮捣蛋，但有时候却又显得乖巧懂事……

"大家都说女儿是妈妈的贴心小棉袄，妈妈孤单得太久了，真的很想有一件小棉袄暖身呢！

"不过啊，如果你不是女孩儿也没事！男孩儿也挺好的，女儿是小棉袄的话，儿子就是小外套啊！"

"扑哧"一声，千月被女人的比喻给逗笑了！

"谁？"女人转过身来，竟然是李大娘！李大娘嗔怪地骂了两个女孩儿一句，将手里的泥人放好，跟她们一起回家。

路上，玲珑跟千月解释："泥人岛上的泥人们都是没有生命的，唯有爱才能给予它们生命。所以，每个妈妈想要有自己的孩子时，都要先捏出一个泥人来，然后每天跟它们说话，用心照看它们，当泥人们感受到了足够的爱时，就会获得生命！

"李大娘想要一个自己的孩子已经很久了！她用河边最软最暖的泥捏了一个泥人，每天去看望这个泥人三次，每天都要温柔地跟泥人说很多话，七七四十九天后，如果爱足够，泥人就能跑能跳了！"

没想到泥人是这样获得生命的！

千月渐渐觉得，泥人们并不像传说中那么可怕，反而是凝聚着爱与呵护……她刚醒来的那天，就有无数的泥人过来看望她，叮嘱她好好养伤，不要见外，把泥人岛当成自己的家！

那些陌生的人看向她的目光，充满了热忱，还有一种说不清道不明的渴望。

"也许他们就是渴望能够被理解吧。以后要是离开了泥人岛，一定要向大家解释清楚，说大家都误解了泥精们，他们是一群很善良、很热情的生物！"

幕色四合，已经是晚饭的时间了。

回到小草屋的时候，千月发现屋前站着一个女人，那个女人千月认识，大家都叫她沈嫂，是小石头的妈妈。

沈嫂一看见三人回来，就热情地迎上来："你们三个终于回来了！我今天做了一些小点心，特地请你们尝尝。"

沈嫂说着将盛着点心的篮子递过来，那些糕点被做成动物的形状。千月瞧着有趣，便要伸手拿一块尝尝，但伸到篮子里的手，却被玲珑给拉了回来。

李大娘笑着婉拒道："沈嫂，你太客气了，不过，我们都不饿，这些东西你还是拿回去吧！"

沈嫂又推送了几翻，见李大娘坚决不肯收，只得悻悻而归。

04. 千月很喜欢小石头

千月刚刚入睡就听见"砰砰砰"三声小小的、有规律的、轻微的扣窗声响了起来。

又是小石头吧？

千月轻轻打开窗户，果然看见月色下的小石头，正一脸傻笑地看着她。

小石头把手里一张卷着的纸递给千月："姐姐，这是新画的，给你看！不许告诉别人，也不许给别人看哦！"说完冲千月做了个鬼脸，转身跑了。

千月笑着展开白纸，白纸上是一个大女孩儿拉着一个小男孩儿在奔跑，他们的头上是一轮红红的太阳。

"这个小石头，好像很爱画太阳呢！"千月微笑着把这张画放进一个木盒子里，那里面已经放了几张画。这些画里，有的是岛上的风光，有的是千月的肖像画，还有的是某朵花的特写，但无一例外的是，画上都有一轮红艳艳的太阳。

"我喜欢太阳，太阳多光明、多温暖啊！"千月的耳边回响起她问小石头为什么总是画太阳时，小石头那稚气的回答。

千月不由自主地笑了，她把鼻子轻轻靠近那红红的太阳，一股沁人的芬芳钻进鼻子，让人心旷神怡。

小石头说，画太阳用的红颜料，来自岛上一种叫丹蔻草的植物，这种植物不但通身是红色，而且会发出一种特别的香气，能让人心情宁静。

千月很喜欢小石头，这是她在岛上除了玲珑和李大娘之外唯一的好朋友。

千月也不知道为什么，玲珑和李大娘好像总是在阻隔自己跟岛上的人来往一样。玲珑不管到哪儿都跟着她，一旦发现有人试图跟千月说话，就找各种各样的借口，将千月拉走。

而李大娘，每次都将前来看望自己的人挡在门外，大家送来的东西也都被她客气地拒绝。

这些迹象让千月感到稍微不安，但玲珑和李大娘看向自己的目光又很是清澈……千月胡思乱想了半宿，终于支持不住，进入了梦乡……

💠05. 原来母亲真的来过泥人岛！ 💠

千月最近觉得身上越来越重，腿脚越来越不灵便。她想自己可能是生病了……

如果不是遇到了沈嫂，或许千月永远都不会怀疑自己陷入了怎样一个阴谋里。

那一天，玲珑破天荒地没有跟着千月。

千月独自走在河边，看着河滩上，怀抱着自己的孩子细细呢喃着的女人们，她们轻抚着孩子的头，眼神满怀爱怜……一时间让千月感慨万分，当年母亲怀着自己的时候，也是这样的吧……

其实不管是泥精还是人类，母爱的天性都是共通的！

正看得入神，千月却感到一阵头晕，眼前一黑，随后腿一软就倒在了河滩上。

"千月姑娘！你还好吧？"旁边的沈嫂眼疾手快一把扶住了她。

"没事，我只是有点儿头晕！"千月用力甩甩头，试图将那种眩晕感甩出去。

她见沈嫂一副欲言又止的样子，不由得好奇地问道："沈嫂，你有话要跟我说吗？"

"是这样的，千月姑娘！按理说玲珑和李大娘是你的救命恩人，我不该说她们的坏话，但我真的很担心你哪！"

"嗯？这话是什么意思？"

"千月姑娘，不知道你了解不了解关于泥人的传说？"

"我……知道一点点……听说泥人都怕水，而且带有泥的特性……"

"是啊，你看我们岛上的人，都远离水，而且不敢随意地行动……可是你看，唯有玲珑和李大娘例外，你不好奇这是为什么吗？"

千月的神经慢慢紧绷起来，声音中带着一丝不易察觉的颤抖。

"是……为什么？"

"十年前，泥人岛上曾经漂来过一个昏迷的女人，当时是玲珑发现了她……"

千月不知道是怎么走回小草屋的，她觉得脑子里像被灌满了糨糊一样，什么都理不清……

原来母亲真的来过泥人岛！可是为什么玲珑和李大娘不跟自己说呢？

母亲真的如沈嫂说的那样，是被她们害死的吗……

千月这个时候什么都不愿意想，她只想找到玲珑和李大娘问个明白，她们为什么要骗自己！

06. 她们打算干什么，要杀了自己吗？

回到家的时候，李大娘刚刚做好饭。饭菜的香气一个劲儿地往千月的鼻子里钻，但千月却一点儿食欲也没有。

看着玲珑和李大娘热情的目光，千月几欲张嘴，但最终还是把话吞了下去。

沈嫂的话盘旋在耳边："你回去后，千万不要在李大娘和玲珑面前露出马脚。如果你想离开，就在半夜十二点的时候，悄悄来到海滩，那个时候，海上刮西北风，我可以为你准备个木筏子，送你离开。"

这天晚上，千月在床上翻来覆去，怎么也睡不着。她很想问个明白，但又害怕李大娘和玲珑会真的加害自己。

正在胡思乱想时，突然，玲珑和李大娘的对话隐隐约约传到自己的耳朵里。

"大娘，真的要这么做吗？我很舍不得千月呢！"是玲珑的声音。

"这也是没办法的事啊！别想了，今晚就动手吧！"

"那好吧！我去拿东西。"

千月的汗毛都竖起来了。她们打算干什么，要杀了自己吗？

脚步声离自己的房门越来越近，千月一颗心提到了嗓子眼。

千月从小屋的窗户往外跳下，拔腿便向海滩跑去……

沈嫂早就等在那儿了。

"沈嫂，她们果真要加害我。你现在就送我离开吧！"千月喘得上气不接下气。

沈嫂露出意味深长的笑。

"好，好，我这就送你离开！"

话音刚落，冷不丁从岩石后面跳出几个村民，用绳子把千月给绑了起来。

"沈嫂，你这是干什么？"千月大吃一惊。

"干什么？呵呵……当然是送你'离开'了……"沈嫂的眼中迸出一丝贪婪的目光慢慢逼近。

"只要有了你的魂魄，我的孩子就可以活蹦乱跳，不必再怕水怕光了……"沈嫂拿出一个小泥人，充满向往地说着。

察觉到沈嫂真正的企图，千月拼命挣扎起来，但无奈绳子绑得太紧，动弹不得。

眼看着沈嫂越来越近，千月绝望地闭上了眼睛。

远处出现了火光。

"不好了！那边的火光，是火山要爆发了！"

远远传来村民的报信声。

众人一惊，如果火山爆发，那可是不得了的事，说不定整座小岛都会就此沉没。

沈嫂和众村民顾不得千月，都朝火山跑去。

这时，李大娘却从芦苇丛中钻出来。

"孩子，你受苦了……"李大娘熟练地解开千月身上的绳子。

千月则惊惶未定地扑进李大娘怀里痛哭起来："大娘，对不起，我不该怀疑你跟玲珑的。"

正说着，玲珑跑了过来："快，快，起风了，我们现在赶紧走吧。"

三个人来到海滩的另一边，一只小小的木筏漂在海面上。三人跳上木筏，渐渐远离泥人岛……

07. 消失的泥人岛

"大娘，你们怎么会突然出现呢？"

"我跟玲珑原本就打算要送你离开的，但一直舍不得你，直到玲珑无意中发现你房间里的那些画。画上都是丹蔻草画的太阳。这种草有剧毒，人接触久了，就会四肢发硬，意识不清。我们才觉得应该早点儿送你离开。"

千月恍然大悟，原来是自己误会了大娘和玲珑的对话。

"大娘，你们到底……有没有见过我娘？我娘她……还活着吗？"千月终于还是问出心中久藏的疑惑。

李大娘看向玲珑，玲珑却低下头，眼里分明有泪光闪现，犹豫半刻轻轻地点了一下头。

"我们见过你娘。玲珑的生命就是你娘给的。"李大娘说道。

虽然早已有心理准备，但千月听到答案的一刹那，眼泪还是像决了堤般，真的再也见不到娘了！

"你娘被海水冲到泥人岛时，受了重伤，时日无多，是我跟玲珑一直照顾她……你娘很喜欢玲珑，想到自己可能再也无法离开泥人岛，再无法见到自己心爱的女儿……"李大娘看着伤心欲绝的千月，于心不忍顿了顿。

"她把最后一丝生命度给了我。她说，若是有一天，能有机会见到你，一定要跟你说一句话……她说她永远爱你。"玲珑接过话，轻轻地握住了千月的手。

千月终于还是忍不住，失声痛哭起来。

"我那带给我生命的老伴儿，生病过世的时候也留给我一句话。他说，他还没活够，这个世界这么温暖美好，要我代他好好活着……"李大娘轻轻拍着千月的背，声音充满希冀。

"我们要替逝去的人，好好地活着，好好地感受这个世界。"

突然，玲珑惊叫一声："你们看！"

不知道什么时候，泥人岛的火势变得那么大，居然将整个岛都烧了起来。火光将海面映得通红。

岛上的火山喷出一股岩浆，整个岛开始慢慢沉没。海水渐渐涨高，终于将泥人岛整个淹没。

三人目瞪口呆地看着这一切。

"我……我记得我只是在火山周围放了一把小火啊，好引开众人啊。怎么把火山给点着了呢？那不是一座死火山吗？"

"不是你的原因。是海神发怒了，海神一定是觉得泥人们作恶太多，所以，才让火山爆发，毁掉了泥人岛。"李大娘喃喃说道。

李大娘从怀里掏出自己捏的那个泥人："泥人原本都是伴随着爱出生的精灵，充满了爱、宁静、祥和，可是因为自私、贪婪，泥精们变得凶狠、残暴。这样的生命有什么意义呢？我不要我的孩子变成这个样了，我只要他健康可爱就好，哪怕他根本活不长久！"

海风无言，只是沉默地推动着木筏，将千月一行人推向远方……

"你是谁？" "我是司久拓，是将会守护你一世的人。"

◈找到你了，司久拓◈

◆文/戚悦　◇图/DAZUI

﷽01. "啊！喂喂喂，不要！啊……"﷽

雾气氤氲的浴室中，少年美好的身形若隐若现，脖颈间流下的汗滴与透明的水交融在一起，滑过浅麦色的肌肤。

苍阙小心翼翼地爬上了屋顶，长舒了一口气，眯起眼来，透过排气窗，努力睁大眼睛，想要在雾气中寻找什么。

只要看一眼，确认一下就好了！

少年暗红色的眸子弯出一个漂亮的弧度，似乎是察觉了什么，他侧过脸去，唇角带着一抹玩味的笑。

啪！

像是鞭子抽打在地上的声音，苍阙感到腰上一紧，低头看去是一条粗长的黑尾，尚未来得及反应，她便被巨大的拉力拖进了浴室里。

"啊！喂喂喂，不要！啊……"

重重地摔在了地上，苍阙摸着摔痛的屁股，抬起头来，瞬间石化，反应过来赶忙捂住自己的双眼："啊！你怎么不穿衣服？"

"啧，偷窥狂小姐，我让你进到屋子里来看清楚，你怎么反倒闭上眼睛了？"少年撇撇嘴，扯下一旁的浴衣穿上。

"我我我……我才不是偷窥狂！"苍阙闭着眼睛的同时，举高自己脖子上挂着的相机，"你！司久拓，年龄十六，龙灵族！"

"你调查我？！"

"唔，准确来说，应该是想采访你。我是校园记者！"苍阙说出自己早就想好的说辞，缓缓睁开眼，看到那人展开的龙灵族羽翼，小心翼翼地上前。

"喂，你的翅膀？你是单翼的龙灵族？"

司久拓做出一副看白痴的表情。

"我可以摸摸它吗？"说着，苍阙缓缓伸出手来。

啪！

又是一声鞭响，苍阙眼泪汪汪地收回自己红彤彤的手背，不摸就不摸嘛，干吗打人？

"你在这里，等我换件衣服。"司久拓说着，转身就走。

"以吾之名，听吾之命，千里驹！"

直到完全看不见那人的身影，苍阙飞快的双手合掌，结出一个召唤印，骑上白马，溜之大吉。

没错，事实就是她其实撒了谎！

她叫苍阙，并不是什么校园记者，而是龙灵族的死对头——召唤师！

当然啦，她现在还只是处于最初级的状态，因此很明白自己完全不是司久拓的对手，所以才要掩饰身份。

不过可惜的是，她虽然已经拉下脸来，甚至不惜趁着一个男生洗澡的时候去偷看，却还是没能得到最想了解的信息。

❧02. "是恶魔的气息！"❧

"十年前，灵界与召唤师一役可谓是惊天地泣鬼神，壮烈，却也惨烈！死伤无数，一连半个月，打得是难解难分，直至龙灵族的龙灵之王出现，即刻秒杀了一群高等召唤师。最可怕的是什么，你知道吗？是龙灵之王当时还只是个六岁的孩童，真是不敢想象。"

午休时间，学校天台上。

苍阙嘴里咬着从学校便利店中成功获得的战利品红豆面包，听着死党窦真彤的喋喋不休，目光有些空洞。

她望着远方的蓝天，微微出神，不知在想些什么。

"喂喂，苍苍！你到底有没有在听人家讲话啦！"窦真彤露出失望的表情。

"我说你啊！没事的时候请一定要少看些这种乱七八糟的玄幻小说好吗？会拉低 IQ 哟！"

"什么嘛，人家看的真的不是玄幻小说，而是一本真正的古籍！我在图书馆的地下室里发现的，很厉害吧！所以我觉得，这些事一定是真的。"窦真彤的表情异常认真。

好吧，虽然苍阙不想承认，但窦真彤所说的，确实是事实。只是一个普通人，知道这些又怎样？

而且……那场战争，实在是召唤师们的一大耻辱。

"苍苍，你觉得这个龙灵之王会不会很帅啊？"窦真彤做出西子捧心的动作。

"一般能力强的人都很难看，所以肯定是个宇宙超级无敌丑八怪！"苍阙无情地打击道。

"我绝不允许你这样说我男神！不过嘛，我觉得，他就算是再帅也不如司久拓王子帅！"

要不要变心得这么快啊！而且……

"你干吗突然提起那个家伙？"听到这个名字苍阙可完全没什么好感，那种嘴毒腹黑又小气的家伙，除了脸之外，哪里好？

"因为……"窦真彤闪烁着光芒的眼里已经变异成了爱心，她抬起手来指向苍阙的身后，"因为他正在向我们走来啊！"

"哇啊！"一听窦真彤的话，苍阙嘴里的面包成功掉落在地光荣阵亡，她机械地转过头去，果然看到一个帅气的身影正向他们走来。

"嗨！偷窥狂小姐，我们又见面啦！"那人漫不经心地打着招呼，已成功用十万伏特的电压将窦真彤电晕。

只是这张脸再帅，苍阙看了也唯有赶快逃跑的想法！

"不准用那三个字叫我！"

"哦？那请教这位小姐尊姓大名？"

"完全无可奉告！"苍阙说着，从地上一跃而起，直接丢下窦真彤，自行脱身。

望着她急匆匆离开的背影，司久拓勾起唇角露出一抹坏笑。

想逃？可没那么容易。

苍阙回头看了眼身后，发现完全没人跟着她，侧身躲进一间无人的音乐教室，还没来得及喘口气，关门转身的瞬间便撞进一个人的怀中。

是司久拓！这个家伙竟然敢在学校里光明正大地使用瞬移！

苍阙刚想说话，却被司久拓突然变得严肃的表情惊到，准备开启的双唇也被他用手指压住。

"是恶魔的气息！"

苍阙点点头，她也确实感觉到了异样的压迫感，而且，这压迫力来自学校操场的方向。

两个人一同望向那恶魔力量的源头，这才发现，窗外不知什么时候变成了黑压压的一片，完全看不清任何景象。

学生已在骚动。

司久拓一手拎起苍阙，直接跳上窗台，展开羽翼，跳进了黑暗之中。

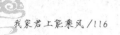

03. 呜呜……司久拓，你降魔为什么要拉上我啊！

"啊啊啊！司久拓，你到底要干什么？"

"降魔。"

"呜呜……可是你降魔，为什么要拉上我啊？我只是个又胆小又笨的普通人啊！"

"很有自知之明，不过，你这种怂怂的小家伙，还是有着一个作用的，那就是——诱饵！"

不容她多言，苍阙便感觉到司久拓松了手，自己的身体因地心引力的作用而直接跌落在了操场的草地上。

司久拓！好样的，她已经牢牢记住了，这是她第二次被他用摔的了！

不过现在的状况，也并不是她能计较这些的时候了，整个操场都弥漫着一股黑色的雾气，并没有什么特别的味道，以现在的状况来判断，大概是比较低等的夜魔。

夜魔会散发出黑雾，让人迷失，接着将他们吞噬，但大多数时候，夜魔都只会在人少的地方，极小心地捕捉猎物。

现在的能见度，大概只有自己一臂的距离，几乎就等于是瞎子啊！

不过根据现在的状况判断，她此刻的位置应该是操场的中央。

突然，一声震天动地的兽啸从苍阙的右边传来，她猛地转过头去，便看到一条差不多有三层楼那么高的巨大蟒蛇。

关于各类魔物，身为一名召唤师，她并不是没有学习过，可是……

这未免也太大了一点吧，而且，她最讨厌的就是那种会蠕动的长条状动物啊！

"啊啊啊！"请允许她发出惨烈的惊叫。

巨蟒行动很快，猛地向苍阙窜了过去，速度之快，叫人根本看不清。

难道她一个花季少女就要凋零于此，召唤师的新星也要在这里陨落了？该死的司久拓，她今天要是被这只怪物吃掉，灵魂也绝对不会放过他啊！

就在苍阙与巨蟒之间的距离差不多只有十公分的时候，它突然停止了所有的动作，苍阙正疑惑地抬起头来，果然看到正站在蟒蛇头顶上的司久拓。

巨蟒似乎是感觉到了头顶上的压迫感，已经无暇再顾及她这只普通的猎物，而是不停地用力甩动身体，想要将司久拓从他的身上甩开。

司久拓却不论他如何甩动，缠扭，都依旧保持着轻松自在的状态。

都这个时候了！你还耍什么帅啊！快点解决它啊！苍阙忍不住丢给那人一个白眼。

像是感受到了苍阙的不满，司久拓原本悠闲的表情变得认真，两条有力的黑尾从他的身后窜出，笔直地朝巨蟒的七寸直插而去。

最后，那只夜魔甚至没来得及如所有反派消失时候都会发出一声惨叫一样，便化成了一摊黑水。

黑雾渐渐散去，司久拓将苍阙从地上拉了起来："瞧你吓得……啧啧。"

"我是女孩子！现在已经算是很镇定了好不好！不过，你不觉得奇怪吗？为什么大白天的，在学校里人气这么旺的地方，会出现夜魔？"

司久拓耸耸肩："确实叫人想不透……还真没想到啊，你这个又胆小又笨的普通人，对灵界的事情，懂得还真多啊。"

"咳，这个嘛，因为我从小就对异族人的体质比较敏感，所以就很喜欢这些。"苍阙生怕让他看出自己的身份，赶忙转换话题，"对了，我刚刚那么牺牲自己，你现在算不算是欠了我一个人情？以后，是不是能让你帮我做件事？"

司久拓微微一挑眉："那得看是什么事。"

"比如……"苍阙眼珠子转了转，讨好地说道，"比如，带我去灵界长长见识啦！”

"没门。"

04. 我要在龙灵族中，找一个人，很重要的人

从那天开始，苍阙便开始了司久拓的小尾巴生活，只是这件事可不好做，不仅随时要压抑住情绪忍耐司久拓的毒舌，更是要遭受万千少女看情敌一般的仇恨目光。

连窦真彤都用怀疑的眼神睨着苍阙："你难道是在追司久拓？"

"哪有！"苍阙惊得蹦了起来。

"那你干吗脸红？"窦真彤越发怀疑。

"豆芽菜，你别胡思乱想了好不好，我先去上课了！"

苍阙刚从天台下来，便看到一只朝自己飞来的纸鹤，看一旁无人，赶忙用手捉住。

果然是明骨老师寄来的，苍阙拆开纸鹤，看了一眼其中的嘱咐。

明骨是苍阙的老师，在她的心中却是如父亲一般的存在。苍阙的父母是灵力强大的召唤师，但他们的生命却止于那场战争。

看来，光是整天这样围在司久拓的身边也不是办法了！不入虎穴焉得虎子！

苍阙这些天来都围在司久拓的身边，对于他的作息也算是了解了，周五放学之后，大多数住宿的同学会赶回家，司久拓也不例外。

只是他的家在灵界。

灵界与人界所连接的通道一般都在至阴之处开启，而离他们学校最近的地方，是学校西面的无波湖！

苍阙右手结了个印，屏蔽了自己的气息，跟在放学的司久拓身后，努

力不让他察觉自己的存在。

果然，一会就见他来到无波湖的阴面，单手捏出一道诀，面前便开启了一扇门，门内泛着幽蓝的光。

苍阙心如擂鼓，她第一次踏入了灵界。

骨碌碌！

大概是苍阙太过紧张，磕磕绊绊脚下不稳，整个人滚到了司久拓的脚边。

司久拓抱着胳膊，无奈地望着脚边一脸无辜的苍阙。

苍阙这个时候唯一能做的，只能是卖萌求饶了！

司久拓叹息一声，将她拎了起来，带回自己的房间。

"笨蛋！不准乱跑，等我回学校时，再和我一起回去。"

这便算是开恩了，苍阙大大地松了一口气。

"为什么一定要来灵界？"

苍阙一愣，不曾料到司久拓会如此直接地问他，本想再骗骗他，说至少好奇心作祟，开口，却变成了大实话："我要在龙灵族中，找一个人，很重要的人。"

真是，没有办法再骗眼前这个人了。

好在司久拓并未追问下去，苍阙稍稍松了口气，也算是没有透露出自己的使命吧。

05. 说好了，到时候别勉强，别当猪队友啊！

星期一上学的时候，苍阙便结束了在龙灵族的偷渡生活，被司久拓拎回了人界。

"召唤师来龙灵族是很危险的，下次别再这么莽撞了。"司久拓摸了摸她的脑袋，难得没有再嘲笑她。

原来，早就被看穿了身份啊。

苍阙压着被摸的地方，不好意思地笑了出来。

但是很快，发生了一件让苍阙再笑不出来的事情——窦真彤失踪了。

"豆芽菜不见了，今天有同学在老师办公室，听到她父母来学校说好像从星期五开始，就没有回过家！豆芽菜是走读生，这么算来，已经失踪有三天的时间了。"

苍阙不知道这个时候还能找谁，只能来找司久拓。

如果是和明骨老师提的话，他大概只会觉得自己儿女情长，做不成大事吧。

但苍阙却知道，司久拓一定会帮助自己，冥冥之中，她就有一种感觉，司久拓是个很值得依靠的人。

根据司久拓的提议，两个人去了窦真彤的家附近，准备找一找线索。

"唔，好大的黑雾。"苍阙捂住唇，惊讶地发现，一团团的黑雾笼罩在窦真彤家的周围，与那天学校里如出一辙。

"果然是魔物搞的鬼，跟着我，找到这魔雾的来源，大概就能找到窦真彤。"如果是普通人，恐怕在这样的状况下早就迷了路，司久拓自然是不一样的。

苍阙紧紧拉着司久拓的手感受到他掌心灼热的温度，跟在他的身后，尽管眼前一片漆黑，却也是安心的。

路很长，最后司久拓甚至不耐烦地抱住苍阙，直接展翅飞了起来。

眼前雾气渐淡，终于可以看见一些东西，这时候苍阙才发现，他们原来已经到了一片阴暗的森林。

越是阴冷潮湿的地方，越容易生出蛀虫；越是阴暗的地方，也同样越利于魔物的生长。

"豆芽菜！"苍阙眼尖地看到不远处那个瘦削的人。

"豆芽菜！窦真彤！"只是她一连叫了好几声，外号真名连番上场，却没有一个能将窦真彤唤回来。

"她身上的魔气很重，怕是已经被魔住了，这种情况叫她也没用，唯有斩断她与这魔物的联系。这森林里的东西，不简单。你别去。"司久拓拉住苍阙。

看着窦真彤的身影消失在森林之中，苍阙摇头："豆芽菜是我最好的朋友，我不能在这里干等着，你也知道我是召唤师，我不是一个累赘，放心好了，就算是遇到危险，我最起码能够保护自己！"

看着苍阙坚定的目光，司久拓只能答应："说好了，到时候别勉强，别当猪队友啊！"

苍阙哼了一声，二人相视一笑，并肩走进了森林之中。

06. 他腰上的蔷薇伤痕

"以吾之名，听吾之命，饕餮！"

苍阙结印，召唤出饕餮，让它浮在空中，张大了嘴巴不停吸食森林中的黑雾，果然眼前开阔了不少。

"上古吃货！"苍阙笑着指指头顶说着，却立即停下了步子，察觉到了不对劲。

"没想到，这么快就发现了我们。"司久拓转过身来与苍阙对视一眼，扬了扬唇角，"不过都是一些小喽啰罢了。"

六条与上次在学校里看到一样大的巨蟒夜魔将两个人团团围住，司久拓拉着苍阙，原地跃起，身后六根黑尾犹如一朵绚烂的花，绽放，直击六条巨蟒的七寸之处。

苍阙几乎没有看清司久拓的动作，心头微微一惊，才发现，司久拓的实力，远在她估量范围之外。

一路直捣黄龙，夜魔那种小杂兵根本不在司久拓的话下，直至两个人来到森林的最深处，看到了那个魔物，才发觉事情的棘手。

那是一只巨大的九尾妖狐，窦真彤的半边身体融合在她的胸口，模样看起来非常怪异。

"是附身！"司久拓似乎也并未想到会是现在这个状况，"原以为窦真彤是被迷惑，如果是附身，那就难办了！"

"难道……是那本书！"苍阙忽然想到那天窦真彤对自己说的那本关于灵界的书。

九尾狐是一种很精明的魔物，正如所有人对狐狸的印象一般，所以它知道绑住窦真彤，当作人肉盾牌，一定是很有效的。

几番纠缠，终于让司久拓与苍阙找到了机会，苍阙骑着自己召唤出的火凤凰直接召唤出的长剑插入九尾狐的头顶！

然而，就在司久拓飞身上前，救出窦真彤的时候，却遭到了这只垂死挣扎魔物的反抗，背上受到了重重一击。

"司久拓，你没事吧！"苍阙紧张地上前拉住他，眼眶已经微微泛红，她心里知道，若不是为了保护窦真彤，这样一只小小的九尾狐，是完全不在他话下的，现在他却受了伤。

"你以为我是你这只小弱鸡？小伤而已，回去洗个澡就好了。"司久拓摇摇头，不甚在意。

怕窦真彤随时可能醒来，这样的事情不好交代，于是她早早被苍阙召唤出的火凤凰给送回了家去。

黑雾散去，苍阙与司久拓两个人放松下来，苍阙却执意要看一下他的伤口，按住他，伸手拉起他的衣服。

这时，她突然看到，他的腰上……

腰……腰上的……蔷薇伤痕。

这……不是她一直在寻找的那个人……那个，杀害了她父母的龙灵之王才有的伤痕吗？

·❧07. 龙雷逆天❧·

苍阙的手轻颤着，连连往后倒退，与司久拓拉开很远的距离。

那一次，她去偷看司久拓洗澡，为的就是遵从师命，想看看他的腰间是否有那朵蔷薇伤痕，确定他的身份。

再后来，长久的相处之下，苍阙感觉到了这个人身上的真诚，感觉得到他的善良，这样的他，怎么会是那个滥杀无辜的龙灵之王呢！

可是，眼前的事实……

"你是……你是，龙灵之王？"

司久拓缓缓转过身，暗红色的眸子望着苍阙，满含着一言难尽的情愫。

"不要这样看着我！我问你，是，或者不是！"苍阙手上飞快结印，召唤出长剑直指司久拓。

"小阙？"司久拓微蹙眉头，似乎并不知道她为什么会突然这样说。

"我是召唤师的女儿，我父母的死，都是因为你，是不是？"苍阙觉得自己的心都快裂开了，为什么！为什么偏偏是你！司久拓！

"你听谁说的？"司久拓并没有阻止苍阙的动作，反而迎着苍阙的剑走了过去，反倒是苍阙吓了一跳，好像害怕自己一不小心就刺伤了他一般，往后缩了缩。

"苍阙，面对杀父仇人，怎么能心软？苍阙，他就是龙灵族的王！是我们召唤师的敌人啊！"一个中年男人的声音忽然响起，一袭白衣的男人骑着飞马从天而降。

是明骨老师！

苍阙像是找到了希望一般："老师，老师请你告诉我，不是司久拓，不是他，对不对！"

"苍阙！原来，你就是听信了这种人的话？"司久拓像是明白了过来，冷冷哼了一声，"当年我逆天，抹去了小阙的记忆，我甚至不敢与她多接触，只怕她想起那时的事情……我的安排，不是让你这样利用的！"

司久拓万万没想到，苍阙竟然被这个挑起两族之间争端的罪魁祸首利用了，只怪他当年想得不够多，毕竟那时的自己也不过是个年幼的孩子，他没有想到，这么多年了，明骨竟然还想起歹心。

苍阙看着两个人对峙着，根本不知道自己该相信谁，她抱着头，突然，所有的记忆全都涌现了出来。

小小的司久拓说，小阙，战争就要开始了，不如我带着你逃吧！

原来他们这么早就相识了。

接着，是父亲和母亲不愿意参与召唤师们攻打龙灵族的争斗，被人们当作叛徒。

爸爸护着让妈妈带着她逃跑，然后她就再也没见过爸爸，接着，是妈妈也被抓走了。她很害怕，一个人躲在黑黑的屋子里，好多好多天。

司久拓找到她的时候，她已经说不出任何一句话来，司久拓说，小阙，我一定会再让你开心起来的。

然后她忘了所有的事情，被明骨所利用，明骨知道，自己是对付司久拓最好的筹码！爸爸、妈妈、司久拓、老师……不！

"啊啊啊啊啊……"随着苍阙的惊叫，她飞扬起的发丝一寸寸变成了如雪般的白色。

"小阙！"司久拓冲上前抱住她。

"苍阙。"明骨也想上前来查看苍阙的情况，却被司久拓用黑尾缠住，狠狠地甩了出去。

司久拓抚摸着苍阙的发丝，心痛如绞，声音微颤着对明骨说道："看在你这么多年照顾苍阙的份上，我不会杀了你。但是，请你从此消失在苍阙的眼前。"

司久拓身后九条黑尾齐现，背上黑翅展到极致，左手指天。

"轰隆"一声惊天巨响，白色的闪电直劈到司久拓的身上。

是龙雷！

龙雷逆天，一般用在改变人的命格时候，只有龙灵之王才能请动，却也有极强的反噬作用。

司久拓，也只用过两次，第一次献出了自己一只翅膀，让苍阙失去了那些可怖的记忆。这一次，献出了自己的一尾，再让苍阙忘记那些痛苦。

司久拓伸手捧起苍阙毫无血色的脸，修长的手指遮住她的双眼，低声在她的耳畔说了些什么，她缓缓闭上双眼睡了过去。

半晌，她又再次醒来，睁大了无辜的双眸，像是个涉世未深的孩子。

"我是谁？"

"你是苍阙。"

"你又是谁？"

"我是司久拓，是将会守护你一世的人。"

"你的翅膀好可爱，我可以摸摸吗？"

"请随意。"

我家君上能乘风

双偶

SHUANG OU

鲛人泪，痛极而落，遇海化珠，得之，可享长生。

◈捡到一条阿蠢◈
◆文/仙子有病　◇图/青鸦

一 因为我要来找一个人啊

花小朝不知道那是多少年前的事情了，只记得那个时候，她才十六岁。

那日她偷溜上画舫被逮住了。身形足足有她两倍大的大汉拎住她的衣襟，狠狠将她扔到了江中。

虽然在海边长大，花小朝却不会水。她挣扎着，觉得四肢越来越沉。这时，一只手却忽地托住她不断下沉的身体。她摸索着死死抱住那人。那人似乎是挣扎了几下，但挣不开。

"轰隆！"江水中忽然一声闷响，似乎是什么撞上了前行的船体。

花小朝什么都来不及想，就陷入了昏厥。

醒来的时候已是金乌西沉，浸泡着身体的海水温凉，花小朝睁开眼，觉得十分庆幸，看来自己是顺着水流漂回海岸了。

泡了水的衣裳沉得要命，四肢也无比酸痛，更要命的是腹中空空。

偷溜上画舫前，花小朝就已经两天什么都没吃了。

拖着身子爬起来，她忽然想起一件事，被丢下画舫之后，似乎是有人救了她。

环顾四周，她发现她的救命恩人就躺在不远处一动也不动，她走过去看了看才觉奇妙，那人竟生得一头淡金色长发，铺散于沙滩上，在夕阳映衬下有炫丽流光。

"醒醒！醒醒！"她伸手拍了拍他的脸，只觉得触手冰凉滑腻。

少年缓缓睁开眼，露出一双湛蓝如海洋的眸子。

明明是一张华丽至极的面容，衬着那一双澄澈的眸子，竟显出几分天真懵懂。

花小朝伸手扶他坐起，却在触到光滑冰冷的鳞片时，猛地蹿出三步远："你你你……你是啥玩意儿？！"

原先浸在海水中的下半身，竟然是条淡金色的鱼尾！

那人自己撑着坐起来，委委屈屈道："我不是啥玩意儿……"

思索了片刻，她试探地问道："你是鲛人？"

"唔，按照你们人族的说法，应该是这样吧，不过我叫翎夜。"那人很是欢实地甩一下尾巴，甩了花小朝一脸水。

据说遇见锦鲤能转运，遇见鲛人不知道能不能转。抬手抹掉自己脸上的水，花小朝默默地想。

夜晚降临，花小朝吃了顿香喷喷的烤鱼。吃饱喝足，坐在背风的岩石后，她忍不住问："鲛人不是生活在深海里吗？你怎么会出现在那条江里？"

"因为我要来找一个人啊。"他笑眯眯地回答，又在海中翻了个跟斗。

原来这小鲛人看上了画舫上的人类女子，才一路追随，却没想到画舫上掉了个人，正巧砸中他不说还死死抓着他不放，害得他撞到画舫上，才晕了过去。

花小朝十分尴尬，只好低头啃鱼。

待海天交际处遥遥出现一线亮光时，就到了分别时刻。

花小朝交代他："早些回去，这岸上比海中危险多了。"

他笑眯眯地点点头，也不知道是听进去还是没有。

但没想到几日后，花小朝竟又一次遇见他。

岩石后闪过的一截鱼尾让她忍不住走过去，还没走近，翎夜便扑了过来，委委屈屈道，自己再也回不去了。

原来那天在船体上一撞，他本以为没事，却没想到再回海中时却发现自己无法在海中辨别方向，若在海中胡乱游，极有可能越游越远，于是唯有回到海边。

花小朝无奈："那现在该怎么办？"

"你可曾在海面上看见过宫殿吗？到那个时候，或许能有族人来这浅海，带我回去。"

花小朝想了想，猛然醒悟："你是说海市蜃景？可那不是虚幻的吗？"

"海市蜃景？你们是这样叫的吗？"他不解地望着她，想了想，"对于人类来说，或许那就是虚幻的吧。"

两人沉默了一会后，花小朝问："那现在呢？"

翎夜眨巴着一双天真大眼，十分无辜地望着她。

"好吧好吧，我知道了。"

二 我们人类有个说法，说吃鱼能补脑。

花小朝自幼流亡到渔村，十岁时，收养她的阿婆过世，只留给她一间破茅草屋。六年间摸爬滚打，花小朝学会了所有偷鸡摸狗的小招数。

所以将翎夜拖回家，养在家中的大水缸里，花小朝其实很苦恼：多了一张嘴，谋生更加艰难了。

她抬头望向翎夜："据说鲛人族眼泪能变珍珠啊？不然你哭一个试试？"

拿珍珠换钱，和谐致富指日可待啊！

"什么珍珠？"翎夜一脸莫名其妙。

"就是眼泪变珍珠啊，眼泪啊，就是哭的时候眼睛里掉下的眼泪啊！"

"可是我们鲛人族是不会哭的啊。"

"不会哭？"花小朝愣了一下，"等等，难道你们没有伤心、难过、委屈的时候吗？怎么可能不会哭？"

"不知道，但我从没见到有族人哭过。"他笑眯眯道。

致富梦在脑袋上空摇摇晃晃，"啪"地破掉了。而且很快，花小朝发现捡来这条人鱼虽然纤细苗条，却是个一顿能吃掉二十斤鲜鱼的大胃王！

二十斤鲜鱼是什么概念？堆在那儿比他的肚皮还要大！

花小朝撑着下巴看着翎夜两口一条吃得飞快，忍不住道："我们人类有个说法，说吃鱼能补脑。"

翎夜衔着鱼尾好奇地望着她。

花小朝很忧伤："都是谣言啊谣言！"

家中存货很快就被吃完了，无奈之下花小朝只好干起了旧营生，在大街上晃荡一上午，好不容易顺到个纨绔子弟的银袋，却不小心被发现被人一顿胖揍，等到她终于从地上站起来时，天色已暗。

翎夜看到她满身是伤的样子很是吃惊。鲛人一族不用劳动耕作，也不用捕猎采摘，他自然不懂人类想要活下去有多艰难。

夜里，月光清寒，透过残破的屋顶投到地上，花小朝在木板床上翻来覆去，疼得睡不着。

"小朝，你睡不着吗？"翎夜趴着水缸边缘问她。

她索性翻身下床，坐在床沿发愣："有点痛。"

翎夜想了想："那我给你唱首歌吧，我唱歌很好听的。"

没等花小朝开口，他便自顾自地唱起来了。

那是一首没有唱词的歌，婉转悠长，像海上带着清寒的月光。少年仰起的侧脸洁白如玉，美若谪仙。

一曲终了，翎夜十分期待地望着她："怎么样？"

花小朝："还是痛。"

翎夜忽然觉得按照花小朝的说法需要补脑的不止他一个。

思索片刻，翎夜对着她招了招手："算了，你过来。"

花小朝乖乖地走过去。他看了看她，又看了看自己的手指，终于狠下心，将食指一咬。

暗红的血液闪烁着流光，自伤口冒出来。还没等花小朝反应过来，他便迅速将手上的血液滴进了她口中。

血液融入身体，一瞬间仿佛将冰冷的四肢在温水中浸润开，所有疼痛都得到了缓解。伤口飞快地愈合了。从魔法中缓过来，花小朝眼睛闪闪发亮："翎夜，不如我们去开医馆吧！你觉得怎么样？"

"我觉得，不怎么样。"翎夜两眼一翻，软绵绵地沉进了水缸。

三 我就知道会遇见你

翎夜一晕就是两天，作为饲主，花小朝很愧疚。

她坐在床上，将铜板翻来覆去数了好几遍，很是惆怅地叹了一口气。以前她一个人，偷蒙拐骗对付对付也就过去了，但现在……

看了一眼大水缸里的翎夜，花小朝决定去找一份有稳定收入的活计。

于是三天后，花小朝进了城中最有钱有势的苏府，成为一名粗使丫头，负责洒扫、采买、倒夜香，有啥干啥，月俸一两银子。

这一日，花小朝随着苏老爷的掌上千金苏秋月上街采买。走到一半，忽然天降大雨，于是一行人只好去茶楼避雨，而粗使丫头花小朝自然没有机会跟进去，只有呆呆地站在门外，望着雨水像珠帘一样自屋檐垂落下来。

生怕怀中的东西被雨水打湿，她只能再往里缩了缩，这时有人忽然伸手拍了拍她的肩，花小朝吓了一大跳，怀中的物品滚到地上沾了泥。

"你！"她回头，却忽然梗住了声音。

竟然是翎夜。

他束起一头淡金色长发，湛蓝眸子望着她，仍是一副笑眯眯的模样，奇怪的是，他月白衣衫下，竟是一双人类才有的腿。

"我就知道会遇见你！"他笑道。

那一刹那，骤雨初停，天光乍亮，屋檐还在往下滴着水。那人站于房檐下微笑的模样，有绝世风华。

花小朝愣了半晌，一个字都说不出来。

可是今早出门时他还是大缸里一尾鱼，怎么就变成了人？思来想去，她终于还是开了口："衣服哪儿来的？"

"……"

还未等翎夜回答，便有大丫鬟自茶楼出来了，看见她这落了一地的东西，抬手就要给她一耳光。

"住手！"温柔的声音自茶楼里传来，苏秋月走出茶楼，淡淡道，"在外面随便动手像什么样子，雨停了，把东西收收，该回了。"

苏秋月擦过两人，自顾自地走出了茶楼，花小朝连忙跟出去，回头却发现翎夜静静望着那人的背影，一眨也不眨。

（四）你这蠢鱼！你不能……那个我的！

晚上回到家中，翎夜早就乖乖地待在大水缸里了。

他说，他是今天不小心划伤手，血流到鱼尾上才幻化出腿的，他也不知道为什么。只是想出去看看，却没想到会碰见她。

谈起今天的偶遇，翎夜激动地问："那个姑娘是谁？你认识她吗？"

花小朝心中一梗，漫不经心道："你问她干吗？"

"那就是我以前跟你说的那个姑娘啊！"他高兴地在水缸中翻了一圈，趴在缸边，眼睛亮晶晶的，"她住在哪儿？叫什么名字？她……"

"不知道！"闷闷甩出这三个字，花小朝倒在了床板上。

想起当初好像是有这么一回事，花小朝有些郁闷，但又说不上来到底郁闷什么。

　　她想起苏家小姐柔弱美丽的样子，又忍不住看了看自己粗糙的十指，她觉得有一点点失落，但也只是一点点。

　　"花小朝，你怎么了？"察觉到她有些不对劲，翎夜问。

　　"我不开心。"

　　"为什么？"

　　"哪有这么多为什么？"她躺在床上背对着他，"人类就是这样啊，总会有很多原因不开心的，你怎么会明白，你们鲛人一族连眼泪都没有！"

　　身后没有声响，过了很久，花小朝翻过身，猝然对上一双澄澈眸子，他趴在床边，凑上来在她唇上轻舔一下。

　　花小朝反应过来，一张脸顿时爆红。

　　那人侧了侧头，依旧一派天真，问："这样开心了吗？"

　　"你你你……你……我？"花小朝完全傻眼了。

　　"嗯？"翎夜歪头，一脸不解。

　　他今日在街上，看见一个姑娘也不开心，有个男子这样做后，姑娘才又笑了。他有样学样，却不知为什么花小朝没有笑。

　　花小朝看他疑惑的神情，猜也猜得出来几分，叹了一口气。翎夜见她依旧不笑，于是再次凑上来，只是这次还未触到便被花小朝伸出一根手指抵着额头推过去了。

　　"你你你！你这蠢鱼！你不能……那个我的！"

　　"为什么？"

　　"不为什么！睡觉！"花小朝气呼呼地翻过身去，闭上了眼睛。

　　半晌，终于听见水缸中的响动，于是安心地松一口气。

　　真讨厌啊，这条蠢鱼。

　　自那一日后，翎夜便常常化了人形，在苏府外蹲守。花小朝猜他大约是想见苏小姐一面。但听闻那苏小姐自那日回来后便是一场大病，至今未愈。

因为那天的事，原本想打她的大丫鬟更是处处为难她，不但把最脏最累的活派给她，竟然还让她去修缮厨房的房顶。当她爬上房顶时，回过身来却发现梯子不知何时早已被抽走，屋顶湿滑，她摇摇晃晃摔了下来，本以为这次非死即伤，等睁开眼时，才发现自己身下垫的是不知何时冲进后院的翎夜。

"小朝怎么这么不小心哪。"丫鬟走进来，望见地上的两人时，却是一愣。

"我都看见了，明明是你把梯子抽走的，你想害死她！"翎夜站起来，愤怒地瞪着那个丫鬟。

那个丫鬟悠悠笑起来："谁管我有没有抽走梯子？现在我只知道有丫头串联外人，要在这府中行窃！来人啊抓贼啊！"

"谁要偷你东西了？我……"翎夜话还未说完，便被花小朝打断："你出去！"

"花小朝？"

"快出去！"她将他自后门推出去，转身便对着那丫鬟堆起了满面笑容，"是我的错，是我不小心，和姐姐没关系。"

"真的？"

"嗯，真的。"

"那过来让姐姐看看？"丫鬟皮笑肉不笑地望着她，花小朝走上前去，随即便被一记耳光扇得一个趔趄。

"果然没什么事了嘛。"这么说着，她反手又一记狠狠的耳光。

审视完花小朝红肿的脸颊，她终于心满意足地离开了。

待那人一走，翎夜便再次自外面冲了进来，扶起她："花小朝，明明是她不对，你怎么……"

"没事，她手劲小，不怎么疼。"花小朝说。

翎夜愣住了，他望着花小朝红肿的脸颊，半天竟一句话也说不出来。

夜里，花小朝躺在床上，朝着墙壁什么也不说，翎夜觉得有一种情绪暗暗自心底生出来，这种从未有过的陌生情绪仿佛是堵在胸口的一团棉花，让他非常难受。

"花小朝，为什么？"

"什么为什么？……也不是我愿意这个样子的啊，只是我要活着啊，我还得养你嘛，这些都要有钱才行——人要活着总是这么艰难的，你是海里来的你当然不明白。"

花小朝的声音很轻快，轻快得好像什么都没有发生过。

五 这种发烫的东西就是喜欢吗？

苏小姐病得越来越严重了，花小朝也越来越忙碌了，每天她都要照看很多炉子，生火煎药，常常被熏得一脸黑。

药一碗碗被端进苏小姐的闺房，一个个空碗又被端出来，但苏秋月的病情却是毫无好转，甚至还一天天坏下去，最后只能在城中贴出告示，能治好苏小姐的人，白银百两，只期待重赏下能有什么能人异士出现，能救自己宝贝女儿一命。

三天之后，果然有人揭榜了。

花小朝躲在柱子后面，在望见那所谓神医时忍不住想出去给他一个栗暴！

他还有没有一点自觉，明明前两天还在抱怨近来自己幻化太多，血都不够用了，现在居然还敢堂而皇之地出现在苏府，万一一会儿撑不住了变回鱼尾被捉去红烧了怎么办？

察觉到她的目光，翎夜转过头来，望见了她，眼睛便是一亮。

花小朝却只觉得心中一酸。

由他好了！就算他流血流成一尾鱼干也不关她的事，反正也是为着他的苏家小姐！

翎夜没能明白花小朝的这些心思，想着要是有了那么多银子，花小朝便能不用待在苏府受那恶气了，顿时便咧开了灿烂笑容。

随着苏老爷走进弥漫着浓浓药味的闺房。病床上，苏秋月闭着眼，面色苍白如纸，他站到床榻前，以利刃割开了手腕，将血液滴进了苏小姐口中。

一瞬间，床上的苏秋月一头枯发缓缓变回乌黑，苍白的面容重新恢复红润，一炷香的时间不到，她便缓缓睁开了眼。

苏老爷"扑通"一声便跪倒在地。

翎夜十分淡定地拿起一旁的纱布包扎，道："银子拿来！"

百两白银是多少？反正足以满满当当的堆满小茅屋中的那张瘸腿木桌。花小朝一回到家，就被面前这一堆玩意儿吓了一大跳。

翎夜依旧泡在大水缸中，颇有些得意神色。

花小朝望着满桌白银，问："苏家小姐救活了？"

翎夜点点头，就听她再次道："那就好。"

到底有什么好，翎夜不大明白，但他直觉地想要花小朝开心一些，努力思索想说些什么来逗她开心，可花小朝却先开了口，她问："翎夜，你当真很喜欢那苏家小姐吗？喜欢到什么程度？"

翎夜思索片刻，摇了摇头，喜欢是什么？

"我……我好像有些喜欢你，你……你喜不喜欢我？"花小朝又问。

翎夜还没来得及回答，便听她闷闷道："算了，睡觉！"

"哦。"

翎夜睁着眼在大水缸里浮浮沉沉，觉得有什么异样的情绪在他的胸腔中翻滚，如同一团炭火，微微发烫。

这种发烫的东西就是喜欢吗？

夜深了，自破屋顶中能看见亮亮的星子，翎夜睁着眼望了许久，才道：

"花小朝，我好像也是哎……"

然而花小朝对着墙壁睡得正香，一点也没听见。翎夜莫名也叹了口气，算了，醒了再说吧。

苏小姐的病好了，三天两头便邀请翎夜到府中做客。花小朝每次望见他，那条蠢鱼都十分热烈地朝她咧嘴笑出大白牙，花小朝装作看不到，转身走掉。

或许能每天见到苏小姐让他很开心吧，花小朝酸酸地想。

还有一次，她在花园中洒扫时，遥遥望见他与那苏小姐坐于湖心小亭中，两人不知道在说些什么，翎夜凑过去轻轻吻了一下那苏小姐，苏小姐便娇羞地垂下头。

不慎踢到湖石，钻心的痛自脚趾传来，花小朝蹲下来揉了一会儿，痛得掉眼泪。她一脚踢向那湖石，低声骂道："蠢鱼！死蠢鱼！"

（六）那下次蜃景时你要记得来接我哦。

翎夜觉得，最近花小朝很不开心。自从他和她说了海市蜃景会出现的日子后，她便常常望着海面发呆，不知道在想些什么，但问起来她却只是摇头。

蜃景出现那日，翎夜早早便起了床，两人从破茅屋慢慢走到初见的海岸，找了块礁石坐下，自朝阳升起等到落日低垂。

"花小朝，等我回去治好了脑袋便回来找你。"他的笑容一如当初的天真。

花小朝低低"嗯"了一声，情绪莫名低落。翎夜却忽然凑过来，在她猝不及防的时候，轻轻地吻在她唇上。

不是玩笑似的轻舔，而是一个真正的吻，轻轻印在唇上，带着某种虔诚味道。

直到翎夜退开，花小朝愣愣地抬头望他，一时没反应过来。

"那天我问了苏小姐，她说，人类只会对着喜欢的人这样。"少年神色天真坦荡，并不羞涩，"花小朝，我喜欢你。"

花小朝面颊一片绯红，她刚想开口，翎夜却忽然拉住她的手："看！"

她猛地抬头望去，在被落日余晖染成融金色的海面上，缓缓涌现出辽远的山脉，那山脉忽隐忽现，仿佛笼罩在雾气中，雾气散后，高耸的城墙亭阁慢慢显露出来。

那是一座遥远繁华的城池，无数高低错落的房屋鳞次栉比。朱阁绮户，飞檐翘角，一切都被落日镀上了一层金光。

"好看吧？"翎夜笑着问，花小朝怔怔点头。

远处海面上泛起点点银光，那大概就是来接他的族人了，翎夜深吸一口气，道："花小朝，我……"

话没说完，花小朝忽然扑了过来。一支羽箭擦过她的肩头，没入海中。

两人回头，岩石下的海岸上，不知何时占满了箭拉满弓的士兵，苏老爷带着几个官兵伸手指向翎夜："抓住他！"

翎夜迅速反应过来，牵起了她的手，往海中纵身一跳。腿在海中飞快幻化回鱼尾，他知道只要入了海，便什么都不怕了，牵着花小朝的手，他游得前所未有的快。

"放箭！"岸上有人在喊。

"别伤了鲛人！仔细点！"

"大人，人不见了！"

岸上的声愈来愈远，花小朝攀着翎夜浮出海面，遥遥地望着海岸。

"不如你随我到鲛人乡？我们那儿可好了！"他带着她朝屋景游过去。

花小朝抹了一把脸上的水，哆哆嗦嗦道："不去！你快把我送到岸上，我怕水！"

翎夜无奈，只好游到海崖另一侧，将她放到礁石上。

"你真不去吗？"翎夜担忧地望着她，"那下次蜃景时你要记得来接我哦。"

"记得记得，"花小朝坐在岩石上打哆嗦，朝着他催促，"要走快走啦，一会儿海市蜃景消失了怎么办？"

"好吧……"翎夜依依不舍地掉转头，朝着远处闪烁着点点银光的海面游去。

看那人越来越远，花小朝长长呼出一口气。刺目的鲜血缓缓自她身下的礁石上流下，染红了一小方海水。

要是蠢鱼再犹豫一会儿，她就瞒不过去了。

刚刚自岩石上跳下时，一块锋利的岩石边缘划开了她的背脊。花小朝哆哆嗦嗦探手去摸，摸到一手猩红。她蜷缩着把自己抱作一团，失血过多让她有些困乏，她闭上眼，想要小小睡一下。

"花小朝！"

"花小朝！"

似乎是那条蠢鱼在喊她，声音里满是惊慌失措，可她不想管了，她真的困了。

 七 尾声

花小朝在岸边醒来的时候，已是旭日初升。朝阳色如融金，光芒刺目，她独自一人在海岸边站了很久很久。

抬手抚上胸口，胸腔里不再有心跳，取而代之的是一颗鲛珠。

后来她才知道，那是鲛族的眼泪。那眼泪每个鲛人一生都只得一滴，那泪痛极而落，遇海化珠，得之，可享长生。可失去了那一滴眼泪却让那人永远地忘记了她，随着族人回到了鲛人乡。

她在岸边等了很久，等过一次又一次的海市蜃景，他却再没出现过。

岸边的人们逐渐老去，她慢慢从人们的记忆里淡去，当故乡变成全然陌生的地方时，她终于决心去寻找他。

　　只身一人，辗转海上，她看过无数次的日出日落，却没有一次比得上那一天一起看过的落日。

　　她站在游轮甲板上发呆，胸腔中的鲛珠温暖如初，她望着远天，眸中有坚定的神色。

　　而海天交际的地方，晨曦透过薄雾，一座城池缓缓出现。

　　在那虚幻的城池中，仿佛有金发碧眸、俊美无俦的少年，微笑着回过身来。❖

赤綝第一次喊骨小龙的时候，便已经暗示了她的龙命，他们之间是劫亦是缘。

《龙争骨斗》

◆文/病鹤斋　◇图/唐琳（A2动漫工作室）

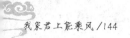 **一 啥！竟是一条大叔龙！**

骨小容是个屠龙者，她的人生规划应该是——自己在短短几年里学成屠龙绝技，一朝斩得龙王首，然后天下闻名。

原则上，是应该这样的，但是她万万没想到的是，自己刚一下山就被一条龙给绑了。

而且，还是一条大叔龙！

骨小容心里想："完了完了，这条龙肯定要吃掉自己了。这世上又要少一个绝世的屠龙者了，没有了自己，谁还能拯救世界？！"

但是那条龙绑了骨小容，居然只是轻轻地往远处一扔，就准备走了！

骨小容一惊，这完全不按照剧本走啊！说好的壮烈牺牲，为屠龙事业义无反顾地献身呢，全然不对啊！此时，骨小容已然完全顾不上被摔烂的屁股，冲着快要消失在眼前的人影大喊了一声："龙大叔！"

已经化为人形的龙，无奈地转过身来，他腰间挂着一个酒葫芦，下巴上还带着些青色的胡楂，一袭红衫在山涧间翩然欲飞。

骨小容差点儿被那龙精致深沉的面孔给震慑住，整个人被捆着倒在地上，像个茧。她昂着头愤愤地说："江湖相见，我叫骨小容，你叫什么，报上名来！"

"骨小龙？我叫赤桀。"

"不对！骨小容，是小容，容貌的容。"

赤桀皱了皱眉，有些不耐烦地又念了一遍："嗯嗯，我知道了，骨小龙嘛，龙毛的龙嘛。"

骨小容简直一口老血吐出来，无奈而又认真地又说了一遍："你看着我的嘴形啊，把舌头翘起来，这样……容，骨小容。"

结果赤桀蹲了下来，风霜刀刻般的脸一下子放大了数倍，骨小容只觉得鼻腔里已经快冒出不争气的鼻血来了。

"骨小龙，你到底想说啥？"

作为一个准备为屠龙事业牺牲的烈士，骨小容鼓起勇气问了一句："你为什么不吃我？"

"哦，我一般对吃的比较挑剔，不太喜欢吃肥肉太多的。"

骨小容低头望了望自己肚子上的肉，不争气地哭丧起脸来。再抬头时，赤桀已经是天边一抹隐在云层里的红色。

二 郡主屠龙师

赤桀消失后，骨小容才发现一个更为严肃的问题——赤桀没有给自己松绑就跑了！

在挣扎无效后，骨小容仰面躺着，默默望着天空中飘荡的云，思考着人生。想不到自己下山才半天，没被龙吃掉，反而被绑在这里，要是遇到些不轨的人……

果然想什么来什么！

远处便有马蹄声渐近，激起的尘土溅了骨小容一脸，眼看着马蹄子就要在骨小容的脸上戳个马蹄印，终于在千钧一发的时候停了下来。

那坐在马上的人，沉声道："谷容。"

听到那一声熟悉的声音，再看到马蹄铁上刻着的"安平王府"四个字，骨小容便知道——这一切绝不是巧合。

有军士来给骨小容松绑，把狼狈不堪的骨小容扶起来，行了个礼。

"容郡主好。"

而为首的那人仍昂着头，居高临下地望着骨小容。

骨小容弯了弯腰，低头福身道："父亲好。"

"你倒还记得你是我安平王府的人，只不过却是这般无用。"

骨小容，或者说是谷容，知道旁人称自己一声"容郡主"不过是看在安平王府的面子，自己只是一个庶女，母亲还背着私藏龙鳞的罪名被关在家庙里。

唯一的转机便是七年前为了替母亲减轻惩罚，骨小容选择去商河学屠龙。在拜入师门时，遇到一位仙风道骨的老先生，卜出谷容命中应有双脊骨，却奇异地少了一根，劝其改名为——骨小容。

皇室中一直有秘密的屠龙计划，收集特殊龙种的尸体，其中包括生存在地底的独眼烛龙，首尾皆有龙头的双生龙，还有冰火共生的赤龙……

收集龙尸具体是为了什么，这一切都是机密，是皇权最后的屏障。

这样一个任务，自然而然地交给了安平王府容郡主。这也是今天安平王来到这里的原因，在骨小容从师门出来的那一刻，周遭便有无数监视的眼睛。

骨小容在归往王府的途中，却如归往牢笼。那些刻意遗忘的记忆，如瓢泼大雨般倾倒下来，把七年后的骨小容砸得遍体鳞伤。

三 风云骤起

入夜，骨小容避过众人，悄悄往山后的家庙潜行而去，贴地如飞，草木皆惊。

骨小容的母亲孟云卿，原是定国侯府的嫡女，算得上身份尊贵，并不愁没有乘龙快婿。却在桃李年华匆忙地嫁给了异姓王安平王，并且只是一个侍妾。

身为侍妾的孟云卿入府后在没有任何随侍的情况下诞下谷容。据说，后来被发现时，整个现场惨不忍睹，小小的谷容，浑身染血躺在装满水的金盆里。

而盆的一旁，赫然有一把刀。

所幸一切无恙，初生的谷容浑身完好。

孟云卿母女不受安平王的喜爱是安平王府里尽人皆知的事情，本来倒也相安无事。不过谷容十岁那年，正房卫氏在孟云卿的房中找到了一片龙鳞。

此事引得安平王震怒，几乎要将孟云卿活活打死，但碍于定国侯府的权势，最终将孟云卿终生囚于山后家庙，谷容也被送往商河学屠龙，成了如今的骨小容。

有人议论是正房陷害孟云卿，但谷容却知道这一切应该另有隐情。因为，在龙鳞被发现的前一夜，她分明在半睡半醒间望见自己的母亲含着泪一遍又一遍地抚着那片鳞片，灯影凄清。

骨小容小心翼翼地疾行，却发现自己周围的矮木丛中传出沙沙的细响，有规律的草纹像波浪一般向四方散开。

这深山中竟有巨蟒？还是……

龙？！

待骨小容聚气而起，准备查看时，那动静却在倏忽间消失得无影无踪。

而前面不远处的家庙，还亮着灯，有木鱼伴着梵音袅袅而起，低缓柔和的母性声音，似是这人间最后一片无尘净土。

母亲！

突然狂风骤起。

（四）从来比凶兽更为可怕的，都是人心

骨小容赶到时似乎已经迟了，透过雕窗的缝隙，骨小容看见一个似曾相识的背影，握着刀，站在缁衣素发的母亲面前。

金身的佛像在长明灯的映照下，将边角柔和的佛影覆在二人身上。

"四洲潮海无主十七年，若三年之后仍无法归主，海内必乱。现在我需要金河的龙骨。"

那人说到"金河"两个字的时候，孟云卿手中的紫檀佛珠，猛地断线。

孟云卿原本静如死水的眉目，恍然间也如那四处逃窜的佛珠般无措。

骨小容一阵心疼，冲进去挡在了母亲面前，望见了那男子的面容。

正所谓，冤家路窄，大概就是这么个意思。

"赤桀！"

赤桀也是一惊，还没来得及回答，窗外却猛然响起金戈交鸣声。赤桀落拓的眉目中瞬间闪过寒光："孟云卿，又是你告的密？"

又？

骨小容不用思考也知道窗外那些必定都是安平王府的人，自己的母亲自始至终都只是一个诱饵。

从来比凶兽更为可怕的，都是人心。

孟云卿却冷静了下来，猛地将骨小容推向赤桀道："带我女儿走！不然你什么都得不到！走！"

如若骨小容被发现在此处，私闯家庙，私见罪妾，私会赤龙，这三件事每一件都可以致骨小容于死地。孟云卿不过是在用最后一点爱意护得女儿周全。

门就要被撞开。赤桀几乎是在电光石火间抱起了骨小容，破窗而出。赤桀的臂弯比人类的要有力得多，却在护着骨小容时，刻意柔缓了许多。

那是骨小容这哀戚人生中第一次感受到的，叫作温柔的东西。

因为要挡住骨小容不让后面的追兵发现，赤桀的整个背部几乎都裸露在敌人的弓箭下。

骨小容看着周遭穿过的羽箭，上面闪着毒意满满的蓝光。最后一支箭的尖啸声戛然而止，赤桀被刺中了。

那箭上的毒，骨小容太过熟悉，是折龙淬。遇龙化鳞，阴毒无比。赤桀有些吃痛，摔进了一个隐蔽的灌木丛中。

骨小容一摸赤桀的背后，赤桀整个背部已经退化成了赤金色的鳞片。

"我去引开他们！"望了望越发靠近的搜查队，骨小容想也不想就准备起身。

骨小容不知道自己作为一个屠龙者，怎么会想去救一条龙。有些事情，比如在何处遇到，在何处兵戈相交，又在何处与生死相扰，都好像是冥冥之中的命。

五 金河，是四洲潮海之主。

话音才落，赤桀一个翻身就压住了骨小容，紧紧地捂住了她的嘴。

"小点声，你出去，就会死。"

在狭窄逼仄的环境里，赤桀紧紧地抱着骨小容的肩膀，因伤痛所产生的喘息声就从骨小容的左耳灌进右耳出。骨小容一下子就红了脸。

周围的搜查声渐渐小了下去，骨小容也从赤桀的怀中爬了出来，简单地为他处理了伤口。赤桀的身体极度虚弱，逐渐冰冷。骨小容把赤桀的头放在自己的腿上，希望给他一点温暖。

"赤桀，你应该是条厉害的龙。"

"嗯。"

赤桀回答得快又肯定，倒让骨小容无言以对了。她笑了起来："真是一条不谦虚的龙。"

赤桀有些昏昏沉沉的，话也说得不多。骨小容看着家庙仍亮着灯，心想母亲此刻应该不会有大危险，也逐渐放松下来。骨小容拍着赤桀的背，轻轻地哼唱着母亲小时候为自己唱的安眠曲。

那曲子的歌词很奇怪，不是中原语，更像是一种无意识的哼唱。

赤桀却忽然睁开了眼睛："孟云卿竟然还教了你这首歌？"

"我娘哄我睡觉时唱的。"

"那你给我这个大老爷们儿唱什么，我又不要哄。"

不知道为什么，遇到赤桀，整个画风就会变。骨小容"唰"的一下就站了起来，用手比刀状："我可是一个屠龙人，你说话小心点！"

赤桀仰天朗笑，然后缓缓站起，像个没事人一样，摸了摸骨小容的头，把骨小容的发髻摸成了一个鸡窝："小姑娘就是爱讲笑话。"

遇到折龙淬，连烛龙都会化鳞，而赤桀的伤口竟然在一盏茶的时间里奇迹般地愈合了。

"赤桀！你到底是谁？"

赤桀却答非所问，甚至有些怅然，叹了口气说："孟云卿唱这首歌，是会死的。"

"赤桀你是谁？你到底跟我母亲什么关系？"

"那是一首龙歌。"

龙歌。

"那金河是谁？你是不是十二尊龙之一？我娘为什么会唱龙族的歌！"

赤桀豪爽地喝了一口葫芦里的酒就要走，骨小容却快要被满腹的疑虑逼疯，一掌就劈倒了赤桀的后颈，压在了赤桀的背上。

赤桀也不恼，任由骨小容按着自己，笑道："你身手比上你爹安平王真是万不及其一，安平王……最后抽金河的脊骨时，那叫一个狠辣。"

虽然安平王府对此讳莫如深，但作为一个异姓而封王，安平王府世代为皇室秘密猎杀龙族早已不是秘密。

"我是长陵龙君赤桀，我是最后一个能救龙族的龙，所以我必须来。"

赤桀忽然收起一身痞气严肃起来，周身都似凝着冰霜，抚着腰间的葫芦沉然道："金河，是四洲潮海之主。我需要他的龙骨，否则三年之内四海必乱。金河因孟云卿而死，这是她欠金河的孽债。"

赤桀站在远处湖光与月色下，化出龙身，赤血鳞与黑夜掩映，美得惊心动魄。

六 骨小容……骨小龙……骨小龙

骨小容被赤桀最后那一句说得心绪难宁，竟有字字诛心的感觉。

直到数日后，帝王下旨将那把叫作断龙的屠龙刀交到自己手中时，骨小容才终于反应过来，自己是一个屠龙者，一个命中注定要斩杀龙的人。

这次的任务，是骨小容的第一次任务，却也是帝王收集龙尸的最后一次任务——斩杀十二尊龙的最后一条——赤龙长陵龙君。

夜里骨小容躺在床上，昏然入睡，梦里不断地听到有一个不辨音色的声音在说："骨小容，这是你的脊骨。骨小容……骨小龙……骨小龙！"

骨小容猛地惊醒，却发现赤桀一身痞气地坐在自己的枕头旁！

骨小容差一点儿就爆了粗口，赤桀！你找死吗！

赤桀一看骨小容要喊，眼疾手快地俯下身捂住骨小容的嘴："嘘。小姑娘别这么大火气，把衣服先穿好。"

骨小容一口咬上了赤桀的手，终于没忍住爆了粗口："你不知道男女授受不亲吗！你不知道姑奶奶我是屠龙者吗！你不知道上别人的床要脱鞋的吗！"

锦被上，赫然几个大脚印。

"我又没上过别人的床，哪有这经验。你上过？"赤桀无赖地说完，还甩了甩被骨小容咬出一排牙印的手。

"……"

真是哭笑不得。

骨小容灭了灯，就这样与一条龙分别在床头床尾开始交谈。

"别废话，赤桀，今时不同往日，你找我到底所为何事。有些事我非做不可，我的母亲还在他们手里。"

"我知道，小皇帝要你来杀我。"

骨小容惊得在黑夜里掐断了一片指甲，稀薄而危险的空气里听得一声骨肉脆响。

赤桀似乎很急迫，接着说："但这件事很蹊跷，你绝不是屠龙的最佳人选，你太弱了。"

在这种情况下都不忘损一下骨小容，骨小容在被子下面用力地踹了赤桀一脚。不过赤桀说的这个，的确很诡异。

"赤桀，你知道皇室收集十二龙尸到底是为了什么吗？"

"自古有十二地支，龙是远比人更久远的生物，所以有这样十二条龙守护着十二地支。如果能主宰这十二条龙，便能翻覆天地。"

"所以……为什么选择我。难道，那天在家庙被他们发现了？"

赤桀摇了摇头："不，我怀疑是因为孟云卿。"

"我母亲？"

"是，准确地说是四洲潮海之主金河的恋人孟云卿，当初金河为保护你母亲主动受死。我原猜测你会不会是金河的女儿，安平王也应该有跟我相似的猜测，但你应该不是，你并没有龙骨。"

为了私欲，屠戮龙族，收集十二龙骨。

培养屠龙者。

选择骨小容。

这一切似乎像一个早已经设定好的巨大阴谋。

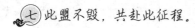

七 此盟不毁，共赴此征程。

"你确定你能保我母亲无虞？"

"是。"

"那我帮你。"

周遭悄然无声，唯独听到击掌的声音，在意识到这是一个阴谋后，赤桀与骨小容在万物虚无中击掌为盟。

"我知道我不该拖你下水。但是我需要你带我进入藏骨的地方。我赤桀说到做到，只要我赤桀还有一片鳞片在，我定保你万世无忧。"

此盟不毁，君生我生，君亡我亡，共赴此征程。

当时，这些字句从赤桀嘴里说出来的时候，骨小容产生了一种幻觉，那种旖旎的冒着粉色泡泡的幻觉。赤桀的手上有握酒壶的老茧，赤桀那天穿的是红色的暗绣蟠龙纹长衫，赤桀的酒是多年的梨花酿……

骨小容迅速地意识到，完了，自己好像爱上了一条龙。

"骨小龙，你发什么呆。"

"我叫骨小容！别吵！快从我的床上下去！"

骨小容不好意思地迅速钻进被窝蒙住了滚烫的脸，但赤桀坐在床尾，两人只隔着一床被，一不小心就碰到了赤桀的腿。

骨小容感觉自己的脸都要把被子烧了起来。

好在赤桀并未在意，只是轻轻地把被子上的脚印拍干净，然后化成龙身，缓慢地盘上了骨小容的床顶。

隔着青色的帐幔，赤桀的鳞片闪着微茫的光。骨小容就那样满心欢喜地看着，看着，像极了小女孩般的羞赧。

赤桀与骨小容制定了周密的计划，屠十二尊龙需要到皇室布下的特定折龙界里。根据赤桀多年的调查，那结界的下面，便是藏骨之处。

屠龙，定在冬至那一天。

另一边赤桀的手下已经将孟云卿从家庙接走，孟云卿托人带了一个锦盒给赤桀。

锦盒的上面用龙文写了很长的一段话，骨小容不解其意，忙问赤桀。但赤桀只是揉了揉骨小容的头，笑着摇了摇头，抱着锦盒离开。

连赤桀都不明白，孟云卿到底是什么意思。

那锦盒上写的是"此番乃天命，小容若亡，以此相救"。

孟云卿没有说小容若有危险，而说的是小容若亡，倘若骨小容在这次任务中真的有什么意外，人既死又拿什么相救？！

（八）我们两个，都要活着。

天阙朝，冬至。

安平王府一行车马沿着官道，向宫城外的祭坛而去。天气阴沉得可怕，山雨欲来。

骨小容握着断龙，心绪不宁。再一回神的时候，她发现赤桀叼着一根狗尾巴草忽然出现在了车内。

"赤桀，你们龙走路都不出声的吗？"

"骨小容，你到底在商河有没有认真学习啊，你见过龙是走路的吗？我们是飞的。"

骨小容简直无言以对，气得鼓起了嘴。赤燊旋即温柔一笑，轻轻地捏了捏骨小容的脸："逗你玩儿呢。只是最后了，我来提醒你小心。"

骨小容心中一暖，是那种被人惦记着的安宁与温暖。

"赤燊，你也要小心。我们两个，都要活着。"

赤燊低头用胡楂蹭了蹭骨小容的额头："好，我们都要活着。"

到祭坛的时候，已近子夜。赤燊先行一步潜伏在祭坛旁，骨小容则握着断龙拾级而上。黑色的苍穹覆下来，祭坛的最高处站着一脸阴翳的年轻帝王。

他说："朕的屠龙勇士。"

按照当初的密旨，会在祭坛以金河的龙骨为饵，诱赤燊来，但骨小容却发现祭坛上空空如也，什么也没有。

好像，并没有准备诱赤龙来的意思。那第十二根龙骨从何而来？！

安平王站在帝王的身后，弯着腰，低声道："陛下，赤龙好像在此处。"

面色苍白得近乎病态的帝王，笑着拍了拍手，扭头悄声地说："倒赚到一条。"

骨小容与赤燊的计划是子夜一到，赤燊现身佯装与骨小容相斗，借力破开祭坛，潜入祭坛下层取回金河的龙骨。

时间一到，赤燊以龙形现身，安平王朝亲侍点了点头，众多屠龙者冲了上去，在折龙界里，骨小容也握着刀冲了上去。

在混战中，骨小容才第一次意识到什么是龙君的力量，倘若自己真的和赤燊站在对立面上，恐怕早就尸骨无存。

"住手，这赤龙不是好降服的！还是按原计划行事吧。"

赤燊本来已经准备击破祭坛，却见到安平王的人护着骨小容疾速后退，打开了祭坛的龙骨坑。

赤燊猛地意识到不对：小心！"

只是这一声小心喊得太晚。

骨小容毫无防备地被自己周围的人推入了第十二个龙骨坑，而安平王在混乱中快准狠地将骨小容跌落在地的断龙扔出，刺中了赤桀。

原来，这才是阴谋所在。

自始至终，安平王与皇帝都没有指望骨小容可以屠龙，从一开始，他们便觉得骨小容是金河的女儿，龙君的后代仍旧是尊龙骨，他们要的第十二根龙骨根本不是赤桀而是——骨小容，骨小容只是一个被隐秘圈养的祭品。

骨小容只觉得那龙骨坑不断地缩小，将自己挤压在里面，骨头咔咔作响，却丝毫挣脱不出。

赤桀与骨小容隔着一个结界的距离，他口中含着血甚至带着一些恳求："骨小龙是人骨，她不是你们要找的第十二根龙骨，快放了她！"

骨小容在一臂宽的坑内，清晰地听到自己的脊骨，"咔嚓"一声，断了。

血气在口鼻间吹出泡泡，骨小容勉强朝赤桀笑道："赤桀，我……我……叫骨小……"

"咔嚓！"

筋骨尽碎。

说好要一起活着，赤桀却眼睁睁地看着骨小容没有说完最后一句话就死去了，震怒与痛楚几乎要将一切都撕毁。

不知从何时起，骨小容已经成了赤桀心上不可触毁的逆鳞。

"触我逆鳞者皆死。"

风云变色。

 九 龙姬

已近除夕。

赤桀与孟云卿站在一处坟茔前，不发一言，白色的纸钱在风里飘飘浮浮。过了许久，孟云卿才开口："最后，我能为他做的不过就是这些。"

"好歹金河的尸骨有个归处。过去的终要过去，以后不必每天都来看了。"

两个人顺着蜿蜒的林间小道一直往外走去，孟云卿走得很慢，忽然定住问道："你碎了皇帝的龙骨祭坛，你接下来有什么打算？"

"倒不是我有什么打算，而是小皇帝有什么打算了。或者很快就不能叫他小皇帝了，天阙朝猎取十二尊龙，只因为王气压着龙怒，我们一直做不了什么。但他们最后却让小容以人骨进了龙骨坑，破了他们所谓的'至纯'，也就再也压不住龙怒了。他们的帝王之脉已断。"

孟云卿摇了摇头，道："我不是说他们，皇帝和安平王自然恶有恶报。我说的是，你跟容儿有什么打算。"

骨小容终于还是活了下来。

当时的赤桀没有回答，但是几天后，骨小容完全养好了伤，赤桀才发觉，孟云卿真是太有先见之明了！

骨小容成了龙，成了龙的骨小容，赤桀根本招架不住。

"赤桀！你出来！再不出来我就屠了你这巢！"

微醺的赤桀还抱着酒壶，就被骨小容一脚从珊瑚树上踹了下来，吓得酒醒了大半。赤桀跳起来揉着骨小容的头说："骨小龙姑奶奶，你能不能给我留点面子，说起来我也是龙君啊，你也见到我当时的厉害了吧。不，你当时已经挂了，一定没看到……"

"闭嘴！别废话！我就问你我头上这两个龙角怎么回事！"骨小容嘟着嘴气鼓鼓地指着自己额头上两个龙角。

"哈哈，好可爱吧！我那天帮你安龙骨的时候，特地帮你弄出来的。"

赤桀带着一点儿玩世不恭，伸手摸了摸骨小容稚嫩得发亮的龙角，由衷地笑了出来。

想起当时，两人心中仍有余悸，骨小容被压得脊骨全部断裂，待赤桀冲进去的时候，已经无力回天。幸而赤桀想起孟云卿交代的锦盒，里面竟是完整的一条龙脊骨。

骨小容的确是金河之女，是天命所归的龙姬。

她是人龙之女，拥有人与龙双脊骨。这也是当年那个江湖高人所指双脊骨之意，当初骨小容出生时为了掩盖她龙姬的身份，孟云卿狠心断了她的龙尾抽出了龙骨，所以赤桀只看得到她的人骨，以为她是人。

不想命中注定，有此龙劫，当初藏起的龙骨给了骨小容重生的机会。

龙命已启。

骨小容摸着自己的龙角，忽然哭了起来："好丑啊，我这么丑，你还娶不娶我啊？"

"不娶。"

"赤桀，快来娶我！你要对我这么丑的龙角负责！"

"不娶。"

"你到底娶不娶，不娶我走了。"

"哎哎哎，别走。我只是在思考，我跟金河一样大，娶你之后就要喊他岳父，立刻小了一辈，好不划算！"

"再见，走了。"

"别别别！娶了你比什么都划算！我这就跟你去见岳母大人！"

骨小容扑在赤桀的怀里像个孩子一样笑了起来，蹭得赤桀一身眼泪鼻涕。赤桀笑得眉目里都是宠溺。

也许这就是命中注定，在赤桀第一次喊骨小龙的时候，便已经暗示了她的龙命。

是劫亦是缘。❖

自始至终，窦煜心里都只有这么一个爱吐口水的傻姑娘。

《你家公主丧心病狂》

◆文/青篁　◇图/若子（A2 动漫工作室）

一 一个爱吐口水的龙族公主

北海龙宫近几年可出名了。

仙界最近都流行一句话：你可不知道北海龙王那孩子啊，真是又丑又损啊！无恶不作，简直就是个龙衙内啊！见了他们家的人都要靠边走……

龙王有九个儿子，不过这又丑又损的，说的却是唯一的龙公主——清流。

也不知道什么时候开始，清流的名声就变成这样了。虽然她小时候是很丑，可是到了少女时期就长开了啊！至于损……那些损人不利己的事都是九哥打着她的名号干的好不好？

可是，这话谁信呢？

祈和殿又着火了，火势盛大逼人。

作为一条龙，这么点火，清流只要吐点口水就能搞定，而这些宫人忙忙碌碌地泼了两个时辰的水，火却越来越大了。

"管住你的嘴，一会儿火要是灭了，我就把你蹲茅坑睡着将父王烟袋掉里面的事情说出去！"九龙子很有气势地教训妹妹清流。

身为一条有修养的龙，清流有个不为人知的毛病——吐口水，尤其是看到有火堆的地方。她一看到那种拢起的火堆，口水就分泌得很旺盛。

"咱们就这么看着它烧？"清流的意思是，作为守护皇族的龙，有责

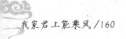

任有意义灭火不是吗?

"不这么看着,你还想过去泼点油?"九龙子朱紫冷哼一声,心里一肚子气。

"可是,如果被巡查的天官看到,你会被记大过的!"清流闷闷地说。估计不仅要记过,父王母后还会被请到天庭上去"喝茶"。

"不怕,天官会认为这么缺德的事情是你做的!"九龙子很有信心地说。

作为一个少女,背负这种名声真的好吗?

这几年,清流总结出来一个规律:天若下雨,必有雷。打雷一定会劈祈和殿,祈和殿必着火,然后九哥就会拉着她过来观摩祈和殿被火烧。

而祈和殿,正是当朝太子殿下窦煋的寝殿。

要说她九哥为什么跟皇太子这么死磕呢?

祈和殿刚建好的时候,要雕上龙九子的雕像在殿脊求护佑,可是太子看了朱紫的龙首鱼身的画像后,竟然鄙夷地将画像那么一扔说:"这是龙九子?这么丑?难不成是龙王私生的?"

汗……其实九哥的人形还是挺俊的。

就这么一句话,朱紫打死不肯护佑祈和殿,而太子也铁了心就是不肯用他。

太子还说:"我要是有个长得这么丑的九哥,早就羞愤自尽了。"

才不会呢!清流想。人类就是太高估龙族的自尊心了,她不就好好地活到现在了?

清流觉得少年之间的别扭挺没意思的,这有什么啊?以前她不是也丑得连娃娃亲都没得定?

想到这儿,清流终于记起来今晚的主要任务了。

"九哥!你不是说来人间是帮我物色夫婿的吗?"眼看着火都要灭了,她找婆家的事情九哥一点儿都不上心,一门心思报他的私仇。

"哼!就算你一辈子嫁不出去,也不能要那个'都行'!就算父王打死我，我都不会去守护他的宫殿！"

皮肤白、个头小的朱紫恨恨地盯着祈和殿烧了个干干净净才甩甩袖子回龙宫了。

如果说被人编排相貌只是误解的开始，那误解的升华就是给清流说婆家。

关于嫁人，龙后每次都会问她："小丫头嫁人有什么要求？"

清流想了想，眨巴着眼睛说："都行。"

"那××家的小皇子呢？据说他家的宫殿比咱龙宫的都气派。"

"太矮了吧。"

"那YY洞的山大王呢？三界里数得上数的帅小伙！"

"比我长得还好看呢。"

"那ZZ府的星君呢？长得比你高，也没你好看。"

"我不喜欢事事顺着我的，很没主见啊！"

"你到底有啥要求？"龙后眼一瞪，黑着脸不耐烦地问。

清流一脸认真的表情说："都行。"

"窦煜？哪个窦煜？那个浑蛋太子窦煜？他还敢妄想我妹？我去烧他屋子！"突然走进来的九龙子听到"都行"两个字脸都绿了。

朱紫转眼之间就没了影子。

汗！清流简直服了她九哥了，果真是思想上的侏儒，行动上的莽夫啊！

那年，祈和殿又被烧光了。

怕九哥又打着她的名号干什么损人不利己的事情，清流隔段时间就要去瞧瞧那个叫窦煜的皇太子。这一瞧，就把他从童年瞧到了少年。

二 太子殿下要升仙啦！

九哥走后，清流盯着火场有点儿兴奋了。等了这么久，她终于能痛快地吐口水了！她能一鼓作气一口吐沫就把火扑灭，她以前经常这么干的！

"从这个角度看，火烧宫殿果真很美啊！"少年沉郁顿挫的嗓音突然响起。

"你……看……看得见我？"清流用手掌在少年面前晃了两下，少年一点儿反应都没有。

就说嘛，她是龙女啊，也不是凡人想看，想看就能看的呀！

清流放心了。可是紧接着少年的一句话，又让她不淡定了。

"国师说，那个一根筋的九龙子放任祈和殿烧来烧去，下场会很惨的。"少年带着叹息的声音低沉悦耳。

不会的，清流想，这种事被父王知道，九哥顶多就是挨几顿揍而已，他又不是没挨过。

"国师说，明天是天官巡视的日子，要是看到那头蠢龙没趴在我的殿脊上……"

清流觉得整个龙都不好了。如果他说的是真的，那九哥就是玩忽职守！这可是很大的罪名，他一定会被父王打死的！

九哥不是打死不去守护皇宫吗？她去！

祈和殿被烧得连个渣渣都没剩。反正只是为了应付天官检查，清流就现出原形，懒洋洋地趴在中正殿的殿脊上睡觉，这也是皇太子殿下的临时居所。

"喂，你觉没觉得，今天太子殿下心情很好啊！"小丫鬟问旁边的人。

"是啊！好到总是仰望着天空，像是天上能掉下个太子妃一样。一桌子的点心都没怎么动啊！"

点心？清流顺着屋檐一点点游下来，她的龙头向殿里探看，啊！真的有好多点心！

没看两眼，那些点心就被芝兰玉树的少年身形给挡住了。

窦煜知道那条龙在盯着他，心里有点儿激动。他知道自己长得俊，如果不是长得俊，她能从五年前开始就总偷偷来看他？为了引起他的注意，还总是放火烧他的寝殿？

为了更全面地展示自己的风姿，窦煜挺胸抬头，尽量展示出自己的王霸之气，他相信自己是 360 度无死角帅哥，所以只要那条龙不瞎，就不可能不折服在他的风采之下。

"麻烦你让一让，你挡着包子的香味儿了。"清流对来回晃荡的少年很不耐烦地抱怨了一句，她压根就没想到这个人类能听到。

窦煜脸色黑了黑。五年了，她竟然一点儿都没变，还是这么顾左右而言他，说什么包子，难道他还不明白她言下之意吗？

对于跟这头龙的相遇，窦煜还记得挺清楚。在他很小的时候，国师就说过他有仙根，说不定什么时候就能飞升九重天。这可愁坏了皇帝皇后，成仙有什么好？天庭律法那么严，娶媳妇都不让，哪儿赶得上在人间做太子啊！

为此国师捣腾了不少偏方怪招来压制他的仙根，可是天庭出品的东西，是那么好压制的？于是在窦煜十岁那年，他正在御花园里和泥窝呢，突然体内散发出白光，身子轻得像羽毛一样。

远处百鸟齐鸣，整个御花园内充斥着赤色祥瑞之光。

"不好啦！太子殿下要升仙啦！"御花园里一片兵荒马乱。

宫人们一股脑地扑过去，七手八脚地对窦煜抱腿拽袖子："太子殿下您三思啊！您飞上去容易，再想回来就难啦！"

场面很混乱，他听到父皇向国师大喊："快快把太子打晕！打晕他就飞不上去了……"

此时，窦煜的身体已经离地三尺了，身上还坠着一串不肯撒手的宫人们。

就在大家都认为太子保不住了的时候，一股巨大的水流从天而降，正好把窦煜从头浇到尾，硬生生地把他身上那红光给浇灭了。

窦煋头晕晕的，他看到半空中突然出现了一个白衣少年，那少年对着他粲然一笑："刚刚着火的就是你吧？你看我吐得多准！起码隔着百里地呢。"

"刚刚，是你的口水？"重度洁癖的窦煋突然反应过来，拧巴着眉头问。

"是啊！你着火着得半边天都红了，想装没看到都不行。"少年一脸"不用太感谢我"的笑容。

身为皇太子，女子没见过一万，也见过八千，他几乎一眼就瞧出来眼前是个丫头，带着五彩水汽的丫头，是龙？国师跟他说过，龙王的女儿小时候丑得能把看护她的人弄哭，自己长这么俊，她不是来抢亲的吧？

"你是谁？"窦煋防备地问道。

"我……"少年挠挠头，似乎很困惑的样子，"我是龙九子！专门护佑皇家殿宇。"

清流自己的名声太臭了，完全不敢用，她在心里把九个哥哥筛了一遍，前八个都因为太高、太帅、太花心、人缘太好等等原因被排除了，最后就剩个毒舌又没人气的九哥。

"哼！你刚刚打断了我的升仙之路。"

"升仙？这么说你不是着火了？浪费了我的口水。"

"我成不了仙，你要负责！"

该怎么负责呢？窦煋想了想说："祈和殿要建好了，你来做我的守护龙！"

等窦煋真的见到九龙子的图像时，他想都没想就否定了朱紫，这么丑，怎么可能是那丫头的哥？

三 我的哥哥不可能这么蠢！

清流留在皇宫，每天能做的就是两件事：吃点心，盼天官。只要挨过了天官的巡查，她就能回龙宫了。可是，这天官到底什么时候来呢？

清流决定不等了，她打算跟窦煜谈谈，给他上一堂关于龙族，重点是关于九龙子的课。

　　通过这么多天的观察，清流觉得窦煜就是个学霸啊！

　　她这种起五更爬半夜都憋不出半句书的龙，要怎么说服学霸太子，让他认同九哥呢？

　　夜凉如水，月上柳梢。

　　窦煜看着挑起他寝帐的白衣少年，嘴角不自禁地微微上挑。

　　"咳咳！"清流有点儿尴尬，"我来跟你讲讲龙族的事情吧。"其实刨除那些不靠谱的事，九哥也不是那么十恶不赦。

　　"你要娶我？"窦煜问。

　　"啊……"

　　"你不娶我，我干吗要知道你们家的事情？"

　　"那个，我不是我九哥。烧你屋子的那个才是。"

　　"我知道！你以为我会容忍他偷看我五年？"

　　"我九哥，挺好的……"

　　"没兴趣。"

　　"你能不能……"

　　"不能！"

　　"我还什么都没说呢！"

　　"不要跟我谈那个小心眼的丑八怪！"

　　清流调整了一下呼吸，出师不利啊！不过不要紧，她只要想办法让皇太子了解到九哥的优点，一切都有转圜的机会。

　　白天有人在的时候，清流很安静地盘在殿脊上，听着窦煜跟夫子上课。晚上夜深人静，她会化成少年过来跟窦煜谈心。

　　"你怎么会想到假冒你九哥呢？"这是什么品位啊！

　　"嗯……我的名声不太好。"清流有点儿羞涩地说。

　　"噗——"窦煜喷茶了，她真是太抬举那条蠢龙了吧？

"你对找夫婿有什么标准？"窦煜翻了一页书，看着坐在窗户上的清流问。

"嗯……都行。"

窦煜笑了。看，他就知道她对自己念念不忘。

时间过得飞快，转眼快半年了。传说中的天官还是没来巡查。

"都这么久了，天官会不会不来了呢？"清流转头问窦煜。

"要不你先回龙宫？"窦煜很没什么诚意地提建议。

"唉……不行啊，我都待了这么久，现在放弃，那不是前功尽弃了。"

"那，估计要等很久。"窦煜带着笑意说，国师说巡视的天官休假去了。

"不会的！等你殡天了，我就能回去了，不耽误出嫁的。"

"……那我真是要争取活久一点！"

只要有机会，清流就会把九哥的事拉出来在皇太子耳边提一提，可是不管她怎么想表达九哥的优点，最后都会变成窦煜领着她一起扒他九哥的黑历史。

日子长了，清流都有点儿泄气了。

"你有没有那么一点，觉得我九哥挺可爱的？"

"呵呵。"窦煜冷笑了一声，"我觉得你这个问题更可爱！"

注意到她沮丧的表情，窦煜适时转换了话题。

"再说说你们龙族的情况吧！"

清流终于等到了窦煜感兴趣的话题，可是窦煜感兴趣的却是她父王母后都有什么喜好，她几个哥哥都有什么弱点，龙宫的防守严密不严密这类的。

"九哥他，还是很有才的。"清流硬生生地插了一句。

"才华？"窦煜眼角一挑，"你九哥走私天庭的东西到下界坑蒙拐骗，结果倒赔了三十万两黄金。"

"……"

人间飘雪的时候，那个一直没个准信的天官还是没来。龙宫给清流送了一封信。

信上，龙后跟清流讲，她给清流挑的那些个夫婿，都没能过她九哥的那一关，而她对自己找什么婆家也没个想法，龙后决定采用她九哥的建议，抛绣球！

清流觉得这简直太儿戏了吧，九哥那是建议吗？

不行！清流觉得，她必须回龙宫一趟。

"我只回去一下马上就赶回来，多则半个月，少则三五天。你放心，皇宫现在有我守护，雷是不敢再劈你的寝殿的！"清流也不明白她为什么会有点儿不放心窦煌。

自始至终，皇太子都只是淡淡地看着她，什么都没说。

清流化成龙形飞到半空，依依不舍地最后看了眼窦煌，一头扎向她曾经日思夜想的龙宫。

等她终于把父王母后和九个哥哥搞定回来时，发现窦煌的中正殿已经不在了。焦黑的残木碎瓦，白绫绢花几乎缠满整个皇宫，从半空看，偌大的宫殿就像是个灵堂。

清流闷闷地走着，她有点儿傻了，窦煌呢？

清流路过那些哭跪着守灵的宫人们，谁都看不到龙女此时木呆呆的样子，自始至终，能看到她的都只有窦煌一个。

端坐蒲团上黑冠黑袍的国师长叹一口气，自言自语一般说："天降怒雷劈烧中正殿，先太子殿下殡天啦！"

白茫茫的雪片盖满大地，清流觉得胸口闷闷的喘不上气来。这是，命吧？

（四）这个仙君有点儿眼熟哦！

"星君，您醒啦？"小仙娥看着眼前似乎满脸起床气的少年，担心地问。

"嗯！上盏热茶来！"少年心情很不好，他觉得自己忘了什么非常重要的事。

是什么呢？他是天庭册封的"学勤文襄高德×××××星君"（称谓省略二十字），名字实在是太长，他自己都不太记得住，众仙友也就只称他一声星君。

他记得自己被一帮阴损的同僚踢到人间访查民情去了，然后呢？调研报告都没写，他就这么空手回来了？

少年拧了拧眉心，那日天庭朝会后，天君临时抓苦力去人间，本来以他的精明，这倒霉事是不可能摊上的。天君刚说到休息日可能要麻烦大家加个班……话一开口，众仙作鸟兽散，唯恐自己跑得慢。

论身法那些老头当然赶不上他，可惜他驾起红云脚刚迈出南天门，就被不知道哪里来的一股水流兜头浇了个正着，这一闪神，其他人都跑他前面去了。

天君老人家拍了拍他的肩膀赞扬道："还是你觉悟高啊！这趟差，就该你出！"

后来他才知道，是那个龙女眼拙，以为他着火了，吐了他一身口水！

心里憋闷，他打算出去走走，正迎面遇上一队出嫁的队伍。

喜轿里一个清脆的女声说："九哥你让轿子停一下，我有点儿晕……"

少年突然觉得冻住他脑子的那团冰瓣里啪啦啦融化了，再看看眼前的喜轿，怒火噌地蹿上胸膛。

好啊！说什么他殂天了她就能出嫁了，原来是真的！哼！可是他现在活得好好的，她不打算守护他了？从前口口声声说找夫婿的标准是"窦煜"，转眼间自己就成"过去式"了？

在人间的时候，国师跟他说，如果他不升仙，是没办法从那群恶龙手中抢到公主的，他求了很久，国师才答应把雷电引下来助他升仙！

就这样，还落得个过去式的结果？不行！

怒火让少年的脚下法云通红一片，"哗"的一股水流又当头浇下来。
"天庭自焚的神仙怎么这么多啊！我都碰上两个了……"
龙女清流撩起盖头，大眼睛眨啊眨，这个仙君，有点儿眼熟哦！❀

世间最难求的怕就是让石头通人心，那么你的心也是石头做的吗？

◈取个经，卖个萌◈

◆文/秋狐冬狩　◇图/鱼姬

一 出家人怎么沾荤腥

人间四月，春日暖阳融化了最后一点残雪。湖水摇曳出一片一片的波光，好似无数的刀片在飞舞。只见一个细皮嫩肉的少年和尚骑着一匹通体雪白的骏马漫步在湖边。

和尚披着一身金边袈裟，光溜溜的脑袋在暖阳下也泛着亮光。

那少年和尚正是我。

我翻身下马，拍了拍白马的脖颈道："南荣徒儿，不如你变回人身与为师一道走走，感受感受取经路上的风光……"

高头大马转瞬变为翩翩少年，眉目清朗俊秀。南荣同往日一样，不急不缓地跟在我身后，没有过多的言语。我猛地一转头，他安然伫立在三步之外，皎若玉树。我转着手上的佛珠，忍不住感叹道："秀色可餐啊……"

"师父？"南荣好看的眉梢一抬。

我从包裹里取出钵，笑着将钵交给他，道："好徒儿，为师饿了，速速去化缘吧。"

想着热腾腾的白米饭，我兀自咽了咽口水，对他说："你也知道为师不喜吃斋饭，望徒儿能替为师化些肉食来……"

"出家人沾荤腥？"他的话还未说完，见我威严地叉着腰盯着他，也就咽下了要说的话。

南荣转身去山林人家化缘，我又怎会待在原地，随即变身成为一只画眉鸟尾随他而去。

我见他向山林老妪化了一些斋饭，心生不悦，却没想他竟在林中为我猎了两只兔子。他矫捷的身手让我猛然想起他原本的身份。我赶忙飞回原处变为和尚等他归来，不叫他察觉。

南荣回来后将钵递给我："师父，先吃些斋饭。"见我盯着他手中的两只兔子，他自觉道，"我去湖边烤兔子。"

我满意地点了点头："甚好，甚好！"

他拎着两只兔子向湖边走去，蹲下身将兔子的皮毛处理干净，远远见我捧着钵看他，他将身子一侧，将血淋淋的兔子遮得严严实实，生怕我见着血光。

傻瓜，可我哪里是什么出家人。

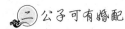 公子可有婚配

青天朗照，杨柳和风。

南荣载着我到了一个渔村，阳光和水汽使得群山虚幻若水墨画，渔村秀气而宁静。淳朴的村民愿意让我们留宿，可我心里不欢喜，忙推辞说一路上住惯了破庙，不敢打扰。

我心知南荣生性喜静，而我也只想与他在一处，共度"师徒"二人的美好时光，因此乐得去找破庙。好在渔村的破庙一点都不破，不过是长久没有香火，荒废了。

"师父在此处歇脚，徒儿这就去化缘。"南荣听见了我肚中旋律，十分明事理地说。

我单手向他一挥，闭目状："嗯。"

待他踏出寺庙，我就变成画眉鸟飞出。

渔村处处有水，家家有米，南荣正为去哪户人家化缘而犹豫，我已变身荷塘边划着小舟的貌美渔娘。

"公子有何事可以让小女子帮忙的？"我巧笑着望着河岸边的男子。

南荣看见小舟上的我，愣了愣，随后有礼地问："我与师父路过此地，可否问姑娘讨一些斋饭？"

我笑着点头，又说："莲叶羹正烫着，眼下正要做碧梗粥。公子不妨上舟等候片刻。"南荣上了我的小舟，坐在一旁等我洗手做汤羹。

我瞅着水中的倒影，思忖着寻常夫妻的生活画面是否就是这样。我知道他在打量我，可我确信他看不出什么端倪，这渔娘的面容和我真正的样貌相去甚远。

"碧梗粥要趁热喝，公子不妨先尝尝。"我将碗递给他。他接过一闻，忍不住夸赞。我见他吃得开怀，轻微的幸福感便涌上心头。

我将莲叶羹也倒入碗中，递给他："莲叶羹也要趁热喝。"他接过，报以感激一笑，然后认真投入地品尝起来。

锅中的粥被他喝了大半，莲叶羹也所剩无几，他这才发觉大事不妙，终于想到他的师父还在破庙里饿着肚子。

"姑娘……"南荣不好意思地将目光投向我，示意我能否再煮一点粥。

没想到你还是个吃货！难得你还能记得破庙里的另一个我，我在心里暗笑。我边煮粥，边问他："公子可有婚配？"

他没想到我突然抛出这么个突兀的问题，却也认真回答道："家父早年替我定了一门亲事……"南荣见我等着他后边的话，稍有犹豫，却也继续说道，"听闻女方另谋他嫁，这桩亲事也就作罢了。"

一碗粥打翻在地，我平复心绪，又替他盛了一碗。

"粥太烫，公子当心。"

南荣只当我是被碗烫了手，不疑其他。

我盯着他好看的眉头陷入沉思，他从何处听闻女方另谋他嫁……

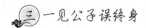 三 一见公子误终身

深巷，寒风。

一路向西而去，气候也随之变化。

/173

有南荣在身侧，这一路我算是鼓腹而游，惬意极了，想着世界就该是这个样子，人生就当如此。如果今晚能找到住处就更好了。

"南荣徒儿，你心中可有佛？"

南荣难得见我谈及佛理，俊眉一扬。

"徒儿心中自然有佛。"

何谓佛？我不敢深思，怕他心中尽是一片清明无半点尘俗。嗜欲深者，天机浅也，我欲孽深重，半点天机也参不透。

"天者气也，如匹练，如秋水，不荒难老，恬淡澄澈，有着无限、无涯、无穷的度量……"南荣说得不急不缓，声音稍稍低沉，宛如泉水击打石壁，煞是好听。

"停下。"我受不了他继续说这些没有一点烟火气的话，怕一转眼他就羽化登仙。

翻身下马，我在路边一棵树底下两腿一盘，闭目打坐。南荣靠在树上静静地看着我，似是等我开口解释这莫名其妙的举动。

"世间最难求的怕就是让石头通人心，你说是不是？"我抬头问他，看他清风明月一样的身姿面貌，实在有些沮丧。

"石头粗朴，归朴返真。石头若有心，定是一颗质朴真诚之心。"南荣这样说。

质朴真诚？我胸口全是苦意。

在我三百七十岁时父王就对我说："兰息，你将来的夫君是东海龙王的三公子南荣，其人明慧颖悟，丰神俊朗世上难寻第二人。"

我不信他有父王说的那样好，更不满父王擅自决定我的婚事，次日我便变身成一尾红鲤偷偷溜进东海。

三公子俊美无双，平和温良。一见公子误终身，自此我便将心留在了东海，昼夜疯长。三公子这么聪明，一定知道尾随他两年的红鲤爱慕他。

我安心等着婚期，期待着嫁给他，却没想东海龙宫竟然会悔婚。

他的心是石头做的吗？

痴人一生之中，会做许许多多笨事，而且，势必会继续做下去。

我枕着自己的手臂侧卧在稻草上，看着沉睡在一侧的南荣出神。东海龙王三公子南荣，儿时便令我一见倾心的公子南荣，因为喜欢你，所以一开始就骗你，你可会动气？应该是不会的吧，我从未见你动过气。

暗夜如磐，曙色难启。

在黑夜中，我听到了一阵诡异的叫声，南荣也睁开了眼，警觉道："是猫头鹰闻到了欲亡人的气味在鸣叫。"

"欲亡人？"我的背脊有些发凉。

"师父莫怕，待徒儿前去一探究竟……"他见我死死扯着他的衣角，死活不撒手，只好改口道，"师父莫怕，徒儿与师父一道前去，一探究竟。"

我满意地点了点头："甚好，甚好……"

细皮嫩肉的和尚抓着一个英俊挺拔的少年的衣角，这画面太美，尤其是当我将手放到他的手心时。他愣了愣，随即反握我的手，似是要给我一股勇气和力量。

他没有邪念，可我有。

被他握着手，我心里头小鹿乱撞。天空尚有清寥之星，我闻着他身上好闻的气味，险些将一切都告知于他。

我们找到了那只鸣叫的猫头鹰，前方恰巧有方茅草屋。

房门虚掩着，明晃晃的烛光从屋内一丝丝透出来。我跟在南荣身后走入屋子，环视一周发现四壁空空如也。

"人都没有半个，何来欲亡人？"我在屋内走了一圈，问他。见桌子上摆有各色酒菜，我自然不会傻到拿筷就吃。

南荣盯着桌上的酒坛子看了一会儿，神色骤变，赶忙拉着我夺门而出。我正要问他缘由，转头却见一股黑烟从那坛子里飘了出来。

南荣虽紧握着我的手，我的身子却被黑烟缭绕捆绑，拖至黑暗的最深处。失去意识前，我只听见南荣急切地叫唤着，也实在看不清他着急的神情。

初醒，见自己被捆绑在山洞中，不禁想笑，我自以为扮作和尚在南荣身侧最为合适妥当，却没想到途中还真有妖魔鬼怪。

是个美丽的女妖。

她扭着纤细的腰肢靠近我，在我身上嗅了嗅："你身上的气味不对，和三百年前那个唐僧身上的味道不一样。"

见了女妖，我反倒不害怕了，何况她又生得极美。我对她说："吃唐僧肉能长生不老，而吃我这个冒牌和尚肉，估摸还得减寿。"

"冒牌和尚？减寿？"女妖笑了起来，笑声清亮，煞是好听。

等她不笑了，我才又开口："让我给你说一段故事……"我也不管她听不听，自顾自地说下去。

这些话憋在心里太久，日夜折磨着我，若我不将其倾诉，只怕自己会发疯。

三百年前，西海龙王三太子载唐三藏上西天取经，最终修成正果，被升为八部天龙马力广力菩萨。此事在九州海域皆被奉为佳谈，在东海龙宫尤是。

"三年前，东海龙王不知从何处得到消息，说将有一和尚自南方而来，而三公子南荣将有幸位列仙班。在此等荣耀面前，老龙王随即退了一桩早年给南荣公子订下的婚约，那桩婚事却是我苦盼已久的，于是我便扮作和尚……"

我的话被匆忙闯入的小妖打断："报……报告大王，洞口……口有人挑衅！"

"什么人？"女妖瞧了瞧我，狡黠的双眼一转，"东海龙王三公子？"

五 她一路都在骗你

女妖烟视媚行至洞口，模样宛如纯善少女。纵使如此，往日里平和温良的公子南荣此刻却像一柄剑从剑鞘中拔了出来，气势凛冽逼人。

"快将我师父放出来！"南荣双眉紧锁，语气里没有半点清风明月。

女妖抚着纤细的腰肢咯咯地笑了起来："放了你师父？那和尚吃了我

俩侄儿，这账怎么算？！"湖边山林那两只玉兔便是这女妖的两个未修炼成精的侄儿。

这女妖便是三百年前喜欢唐僧的那只玉兔精。

她用束仙绳将我捆绑，我虽无法变作其他动物逃脱，却可以听到洞口传来的声音。

南荣握紧了银剑："那两只兔子被我所杀，与师父无关。"言毕不愿多费口舌，只想同玉兔精一战，而后闯入山洞救出我。

"我本想吃了你师父，现在却不想了……"玉兔精对着迎面而来的剑光不躲不闪，"吃了她，却能让你永远念着她。我凭什么要成全她？"

南荣收起了剑，沉着脸看玉兔精，似是等她将疯言疯语说完。

"昔日东海龙王三太子，因纵火烧毁玉帝赏赐的明珠而触犯天条，后因南海观世音菩萨出面才免于死罪，被贬到蛇盘山等待唐僧取经，之后又误吃唐僧所骑的白马，被菩萨点化，变身为白龙马，皈依佛门……"她见南荣放下了剑，说起话来更为悠闲，"你心中是否在问此事与你师父有何关联？"

见南荣没搭理她，玉兔精随即变为少年和尚的模样。

"你瞧，和尚的模样是个妖都能轻易变来。你当真察觉不到？你口口声声喊的师父是个货真价实的假和尚！

"她一路都在骗你！对你没有说过半句真话……

"这一路你可曾见过观音菩萨？西去求经不过是个幌子，你瞧，她连斋饭都吃不惯……

"三太子，你可真是傻。她说什么，你便信以为真……"

玉兔精的话传到我耳中，宛若一盆冰水自我头顶浇下，贴着石壁我冷得发抖。我脑中设想过千百次他得知真相时的情形，却从没想假借他人之口伤害他！

"妖女你住口！"我尖叫出声，化身成龙女的模样，束仙绳将我牢牢绑在石壁上。我拼命挣扎，束仙绳收得越发紧，痛得我近乎将龙尾甩断。

凄厉的龙啸声自山洞内传出。南荣双眸猛地一颤："我和师父之间的事与你何干？！"冰冷剑光带着十二分的怒意向女妖袭去。

玉兔精急忙闪躲，几招下来自知不敌，扬声道："你收剑，我放了她。"

南荣走进洞口时，他周身散发着好看的白光，不论是龙身还是人身，他都那么好看。我背脊的鳞片参差不齐，碎裂在石壁上，原本整齐秀气的龙尾也残破难看。

我抬头看着南荣，泪光让我看不清他的神情。

束仙绳松开了，我直直从石壁上跌落下来。他将我抱起，走出山洞。

湖水边，他用法力修护我的伤处。我不敢看他的眉眼，怕极了他的沉默，怕极了他什么都不问，什么都不说。

六 此事必须有个交代

青烟袅袅，村巷如梦。

他用法力替我疗伤，伤口很快愈合。我头一次以南海龙女的身份面对他，目光永远避开他空谷幽潭般的眼睛。

因为丝毫摸不清他的想法，我局促不安。

沉默了半日，我终于决定打破僵局，变出一坛酒对他说："晚风凉，喝点酒吧。"也不等他的反应，自顾自地倒了两杯。

南荣走到我面前坐下，若有所思地看着我。清亮亮一杯酒下肚，胃里一暖，胆魄也长了几分，我便又给自己倒了一杯。他没有阻止我，由着我一杯一杯给自己倒酒，而他滴酒不沾。

等我喝红了眼看他，对着他像对着一轮太阳，浑身都觉得舒畅。我并不觉得自己窝囊，龙女兰息向来骄纵，眼高于顶，能遇上这样的男子，是我的福气。

"三公子可记得当年那条来自南海的红鲤？那是我变的……红鲤在东海尾随了你两年，爱慕了你两年……"酒是好东西，借着酒力我可以抬头看他的眼睛。

"红鲤是我，和尚是我，画眉鸟是我，渔娘也是我。在南海龙宫，兰息公主自小就是骗人精，她骗人时什么手段都用，说起谎话一点没有破绽……"

听到这儿，南荣突然笑了，我以为他这笑是自嘲，笑自己被我骗，却没想到他笑的是我那一句"没有破绽"。

"三公子，你为何悔婚？"我将酒杯一放，猛地站起身来，一时站不稳却被南荣扶住。我抬头看着他，伸手摸着他的脸，甚至想撕毁他脸上那种清风明月的光辉。

南荣的鼻息轻轻打在我的脸上，我本该娇羞紧张，可眼泪却怎么也止不住："东海龙王盼你位列仙班，替你退了这桩婚事，你告诉我，你是否怪我坏了你得道成仙的大好机会？不不不，你是不会在意这些的，你心胸旷达……在你心中是否真没有半点世间情爱？"

我的泪水很快打湿了他的衣襟，他由着我哭，似打定主意不开口。我见他这般态度，越发难过，眼泪更是一发不可收拾，哭着哭着竟也睡倒在他怀中。

次日醒来，我发现自己在一架马车上，马车精致宽敞。

南荣坐在对面，不知何时他换上一身白色锦袍，见我醒来，他对我投来疏离的笑。

"这是去哪儿？"我头痛欲裂，却也记得昨晚酒后自己所坦白的一切。我已交代自己就是他婚约那头的龙女兰息，也用不着再躲躲藏藏自己的心思。

南荣将马车上的糕点递给我，而后说："送你回南海龙宫。"

"我自己会回去，用不着你送。"我扯着自己的衣角，气自己又气他。正想跳出马车，却被他拉了回来。

"我们一起去，此事必须要有个交代。"南荣拉着我的手，认真地说。

我坐回马车，被他此番举动气得心绪难平。

他要我父王给他交代？要南海龙女给东海龙宫一个说法？难不成再要去向观音菩萨请罪再给他一桩西行取经的妙缘？

他的心性我再了解不过，可我心中各种滋味一时涌了上来，也就丧失了平日的理智，用狭隘的心揣测他的行为。

一路无话，转眼到了南海。

七 至今思之不能稍忘

"小婿拜见岳父大人！"

我至今记得那日南荣跪在我父王面前说出这句话时，我又惊又喜、啼哭不止的心情。他带我回南海并非追究我的胡作非为，而是将那桩旧婚约落实。

我问他为何瞒我，他说他想让骗人精兰息也尝尝被欺瞒的滋味，此时他将我抱在怀中，吻着我的鬓角。

"我心非石，心中也住下了当年的那条小红鲤。可她突然消失不见，当时父王又对我说南海龙女另嫁，婚约作罢。我当时不知兰息你就是那条红鲤……没了婚约反倒轻松，打算出东海找红鲤。"

南荣摸着我的眼睛继续说："当我第一眼见到你，我便认出了你。你在东海海岸突然出现，自称是西行的高僧，你不知道你有多可爱。我以为我终于找到了小红鲤，也想看看她到底打算带我去哪儿，却没想一路下来，你就是兰息。"

我不可思议地抬起头问他："你如何认出我是那条红鲤？"

"你的容貌模样可千变万化，可你的眼神不会变，尤其是在你看我的时候。你变成红鲤尾随了我两年，我若还认不出你的眼神，那也太说不过去。"南荣笑得丰神俊朗，却不再如我之前想的那样清心寡欲。

我亲吻他的唇，而后笑着问他："你心中可还有佛？"

他亦笑着回答："我佛慈悲，定然允许我爱兰息。"

百年以后，南荣带着我和我们的小女儿南惜回到东海龙宫，老龙王气得大病一场。我自知龙王对南荣寄予厚望，也确实是我令南荣未能成为上仙，于是我顺下性子在老龙王卧病在榻时悉心照料。老龙王冷言冷语问过来，我慈眉善目答过去。

病愈后，老龙王对我的脸色终于缓和了些。

如今南荣常拿旧事笑话我，并且编成故事说给小南惜听。

"父亲大人，你说那个貌美渔娘做的莲叶羹和碧梗粥当真有那样美味？"南惜蹲坐在南荣膝侧的石阶上，一脸馋猫相。

南荣望了我一眼，对女儿说："那莲叶羹与碧梗粥的滋味，至今思之，齿颊间余香犹在，不能稍忘。"

看来今晚得为这两只馋猫洗手做羹汤了。🐾

我也想和大家一起开心相处，可是银尘，我做不到。

《神官大人快救命》

◆文/顾汐润　◇图/星海琦

一 龙神显灵

周末傍晚的校园，一片宁静。

一个微弱的声音在呼唤："龙神啊……请您显灵……"

回答她的只有一片寂静。

"龙神啊……如果您能听得见，请您在我面前现身！"

仍然寂静。

"龙神龙神龙神龙神龙神！"

四周依旧寂静。

白月失望地叹了口气，心想校园传言果然没一个能信！她转身准备离开小池塘，刚走几步，却突然听到背后传来一个声音："是你吗？"

白月震惊地回头。

只见一个十六七岁的少年凌空站在湖泊上，容貌俊美得像是画中谪仙，而他身上着一件古式银白色祥云华袍，几乎闪瞎白月的眼。

天啊！老天听到了她的心声！龙神显灵了？！

二 怎么是个人类？

白月目瞪口呆地看着这个仙人般的少年，他一步步从池塘上走下来，拖地的大衣摆上有莲花花纹绽放，却没沾到任何水渍灰尘。

少年目光如冷刀，犀利地打量白月，皱眉道："怎么是个人类？"

白月看着他发愣，隐约察觉到对方情绪里的烦躁。

"老龙王是昏头了吗，这种四肢孱弱的低等生物也能派来继任？"少年一步步走近，周身气场冷若冰霜。

白月下意识地后退几步，问："同学，你在 Cosplay 吗？"

少年不屑地挑了挑眉，叹道："弱，太弱了，我两根手指就能捏死你。"

"你在说什么？"

"真是一点儿都不想承认你，但如果是老龙王的指令……"

"喂喂，同学，能别演了吗？"

"你已经迟到五百年了，为了防止你再度逃跑，我决定……"少年露出狡黠的笑意，右手慢慢抬起，手掌中有一颗散发着淡淡光亮的珍珠。白月看了一眼，刚想制止他投入的"演出"，却猛然感觉腹腔一片暖意——少年仅在一刹那间，就将那枚珍珠隔空按进了她体内！

按进去了啊！真的是按进去了啊！白月整个人都傻了，目瞪口呆地看着白衬衫里肚皮上的微光渐渐消失。

"这下就好了，虽然弱了一点儿，但以后你也要学着保护这所学校的龙气。龙王印已经在你体内了，看你还敢不敢翘班。"少年脸上似乎有得意的神色，衬得整张脸越发生动美丽起来。

白月纵然觉得他是在玩 Cosplay，但经历了刚才珠子被生生按进体内的奇葩过程后，终于隐约认清了一些事实。她艰难地问少年："你是什么人？"

"我是你的神官，以后将会辅佐你、守护你。"

"那我是什么人？"

"分管这片地区龙气的新龙神啊。"

"龙……神……"白月差点儿一口老血喷在少年脸上，她无力地扶住树干，慢慢说，"我其实……是来求龙神帮个忙的……"

"嗯？"少年愣了一瞬，马上变得严肃起来，"那么你的意思是……"

"我才不是什么龙王派来的……"白月看着自己手臂上渐渐泛出的奇异龙鳞状纹路，欲哭无泪，"大家都说小池塘里有龙神，我也没准备信，放学路过就来试试运气……"

"谁能告诉我，这到底是怎么回事啊啊啊啊啊啊！"

三 神位之争

认错继任者，还将龙王印按进了人类体内——比白月还欲哭无泪的是少年神官银尘。发觉自己搞错人以后，银尘的脸色像是覆了一层冰霜，沉默片刻，随即甩开衣袖一头扎回小池塘里，连个气泡都没冒上来。

白月不明所以，在池塘边等了好久都不见他上来，只能自己先回家去。

第二天一觉醒来，白月发现手臂上的龙鳞消失了，被按进珠子的那块肚皮也无异常，忽然觉得一切可能都是自己的一个梦，这世上怎么可能会有龙神和神官呢！放下这个包袱后，白月刚觉轻松不少，但很快又面临另一件烦心事。

她一点儿都不想去学校上学。白月成绩中等，相貌中等，家境一般，性格内向，泯然众人，唯一的特色大概就是害怕与人交往，每天在学校里总是形单影只，其实她特别渴望能和大家一起玩耍，但她融不进去。昨天她傻乎乎地跑去找龙神，就是想向龙神祈愿，希望能被大家喜欢。

既然没有找到龙神，那生活还是原先的老样子。

数学老师在讲台上唾沫横飞，学生们以桌为单位在下面交头接耳。白月看着他们递小字条或是偷吃东西，虽然知道这是不对的，但她很羡慕，因为她是个常年没同桌的孤独人。

白月走了一会儿神，忽然感觉到周身气场不大对，她说不上来是什么感觉，但莫名就觉得不对。她扭头看向窗外，瞬间震惊了。

有个大美女正悬在半空中，环臂厌恶地看着她，美女姐姐身上穿的跟银尘很像，也是一件古式宽袖长袍，披帛扬起飞到彩云里，十足天仙下凡的模样。

白月惊讶地瞪着窗外，直到数学老师敲了敲讲台："白月！上课不要东张西望！"

"可是，这里……"白月伸手指向美女姐姐所悬空的地方，却发现全班人都不明所以地看着她。

所以说……只有她能看得到？！

白月被自己的想法吓了一跳，惶恐地等到打下课铃。后一堂是体育课，数学老师一说下课，同学们就哗啦一下子冲了出去。

没人叫上白月一起，白月也已经习惯了。待到教室里只剩她一个人时，窗外的美女姐姐便不请自来地飞进教室，一屁股坐到讲台上，设好结界，居高临下地看着她："你就是新上任的龙神？"

"呃？"

"我是北海龙三公主泽珊，来顶替你的位置。"

"哦。"白月一点儿都不想当什么龙神，有人愿意顶替，她求之不得，"那就交给你啦。我去上体育课了。"

"慢着！"泽珊一步步走近她，两额冒出寸长的龙角，"没想到你这么爽快就答应了，那正好省我力气了，给你个痛快的死法……"

"等一下！"白月惊得后退一步，"为什么我要死？"

"龙王印在宿主体内共生共灭，你不死就取不出来。你怎么连这个都不知道？银尘没告诉你吗？"

一想到昨天那个少年闯了祸立刻逃遁的情形，白月气不打一处来："我不想当什么神，但我也不想死，这都是银尘的错，你去找他，让他帮我把珠子取出来吧。"

泽珊媚眼斜了斜，若有所思："你找不到银尘？"

"是啊。他跑了。"

美艳的龙公主立刻大笑起来："银尘是从不离开龙神左右的，他不愿让你找到，说明他对你完全不认可！这下可好了，连游说他都省了！"

白月心里郁闷，虽然她只想当个普通人，但一想到平白就被银尘抛弃，还是蛮伤人的。

泽珊不再给她申诉的机会，迅速抬起手，指甲变成利爪状，迎面就冲白月劈来。白月慌不择路地在桌椅间闪躲，但人类的速度哪能比得上龙的速度，眼看泽珊逼得越来越近，白月连连后退最终撞到墙上，没有退路了。

泽珊眼中露出猎物得手的得意之色。白月紧张地闭上眼睛，情急之下大喊一声："救命！"

（四）奇葩的试炼

几秒后，白月并没感觉到疼痛，她微微张开眼，看到一个银白色的身影挡在自己正前方，泽珊的利爪正嵌在他的肩膀上，血染红银衣。

泽珊慌忙收回手，恼羞成怒："你来瞎掺和什么！"

银尘冷静地扶住肩膀，淡淡地道："是我的错才导致龙王印进入她体内，如果她就这样死了，我会愧疚的。"

"你怎么还那么容易心软！"泽珊收敛起杀气，环臂又变回端庄的龙公主模样，"这所学校龙气旺盛，交给她这样的人类小丫头你能放心？"

银尘沉默不语。

泽珊来回踱步，许久后似乎是想了个折中的办法，道："那就来试试吧。"

白月小心地咽了口唾沫："试……试什么？"

"花园假山里压着一只小妖，我去把它放出来，你若能再把它压回去，我就认可你的身份，如何？"泽珊不屑地看着她，"那只小妖道行很低，你要是连它都收服不了就赶紧让出龙神的位置。前提是，银尘不得插手。"

银尘点头："好，就这么定了。"

白月满头黑线，她才是当事人，为什么要别人替她答应这种奇葩的试炼？但一想到银尘对自己有救命之恩，她便不大好意思抱怨和吐槽。

泽珊走后，白月想上前查看银尘的伤口，她刚说了声谢谢，银尘看都没看她一眼，也凭空消失了，连同结界一起带走了。

刚巧班长回来拿跳绳，看到白月时愣了一下："我刚刚怎么没看到你……你一直在那儿吗？"

"呃，嗯……"

班长是个活泼大方很招人喜爱的女孩子，身边朋友总是很多，白月觉得自己和她完全是两个世界的人。忽然之间，白月脑子里蹦出一句话：我和你一起去上课吧。

看到班长已经拿好了跳绳，白月鼓起勇气开口："那个，我想和……"

"那我先走咯。"班长压根没注意白月要说的话，拿着跳绳就出去了，"今天要点名的，别翘课。"

"……哦，好的。"

五 灭妖

一连平静了好几天，银尘与泽珊都没再出现，白月也依旧形单影只。

变故发生在周五放学前。

花园里的假山松动了，因为怕石块掉下来砸到学生，学校干脆先将它整个都推翻了，露出假山下一个黑漆漆的洞口。爱冒险的同学私下商量，准备下了课钻进去瞧一瞧。

白月听到"假山"两个字就头大，她知道，泽珊的试炼来了。

一放学，白月先被老师叫去订正作业，订正完才放她走，等她赶到花园里时，发现有几个自己班的同学正聚在洞口张望。

白月站在他们身后，想镇定自若地向大家打招呼，却一下子不知该说什么，说"嗨"？还是说"在玩什么呢"？到最后还没想出来，却先听到了其中一个同学的哭泣声。她吓了一跳，赶紧问："怎么了？"

同学们纷纷抬头看她，好像是在慌乱中抓住了救命稻草，一下子哭得更厉害了："白月！班长在下面还没上来，这下面好像是个沼泽，呜呜……"

白月瞬间头大了。

那看上去只是一个平常无奇的洞口，但如果真的有什么劳什子小妖，区区人类学生哪是它的对手！

白月在洞口喊班长的名字，喊了好几下，才听到里面传来回音："救命……救……"

白月心里也有点儿发怵了，可看到同班同学慌张焦虑的神情，一想到这也算是自己惹的乱子，只好深吸一口气，冲同学微笑道："别怕，我把她救上来。"说完，她便一个翻身钻了下去。

洞里有点儿潮湿，等适应黑暗光线后，白月隐约看到班长大半的身子已然没入沼泽中，她赶紧伸手去拉她，但无奈白月也只是普通女生，一个少女的重量对她来说有些超负荷。

班长已经有些昏迷了，紧紧拉住白月的手。白月咬紧牙关，使出吃奶的力气，拼命把她往岸上拖，结果一不留神，脚底踩到一个石块，滑了一跤，整个人也跌进了泥沼里。

自己的身体越陷越深，手里还牵着另一个人的性命，白月第一次感受到了这么无助的压力，也是第一次，她忽然产生出"如果我是个合格的龙神该多好"的念头。

似乎是为了响应她，白月腹腔里忽然传来温柔的暖意，带着莫名的力量聚集在手臂上，她挣扎着一用劲，狠狠将班长从泥沼里推到了岸上。

脱离了窒息压力的环境，班长很快清醒过来。白月却已经没力气再自救了，只好拼命大喊："快！快上去！"

班长搞清了状况，连忙上来要拉白月，却被白月打开手："别管我！你快上去！大家都在等你！"

"要走一起走！"

白月看到班长眼睛里闪烁着坚定的光，鼻子一酸，这就是传说中的友情吗？

"没关系，"虽然泥沼已经覆到脖子处，但白月心里却有些高兴，"我自己有办法出来的，你现在只会拖累我。请相信我，快点儿上去吧。"顿了顿，她深吸一口气，说，"对了，等到再见的时候，我能和你做朋友吗？"

白月还没听到班长的答复，整个人就陷到了泥沼里。

无法呼吸的感觉竟然这么痛苦……她的神智慢慢涣散，眼皮越来越沉……

然而，一刹那间，白月感觉被人横腰抱起，嘴里塞了什么东西，一下子清醒过来，连呼吸都顺畅了。

她慢慢睁开眼睛，面前的人居然是泽珊！

泽珊面色凝重，眉头紧皱："我原本以为你只是一个法力低下的小妖，但没想到……算我考虑不周，抱歉。"

白月难以置信，龙公主殿下居然在向她道歉？

泽珊白了她一眼："虽然我想取代你，但我并不是一条不知轻重缓急的龙！"想了想，她傲气地哼了一声，"你就当是银尘让我来救你的吧。"

"他人呢？"

"灭妖去了。"

六 妖怪也追星

白月终于搞清了状况，再环顾四周，发现泥沼下面是个更广袤的黑色世界，除了石壁上镶嵌着夜明珠，几乎没有发光的东西。

和泽珊并肩走了几步，白月脚下被什么东西绊了一下，她"哎哟"叫了一声。借着夜明珠的光辉，她隐约觉得是个很熟悉的东西，弯腰仔细一看，居然是一盒当红偶像天团的明信片！

泽珊凑过头来，不屑地说："愚蠢的人类喜欢的就是这样的雄性吗？还没银尘好看呢！"

白月顾不上回复她，诧异地低声说："天哪……这些都是什么？"

地上到处撒满了东西——有偶像天团的专辑唱片、有篮球足球、有小汽车模型……全是学生们追捧的东西！其中不乏近期刚刚流行起来的小玩意儿。

白月纳闷了："这些，怎么会出现在这里？"

"会不会是掉进来的学生遗落的？"

"可是我们学校没有失踪学生的事件啊。"白月想了想，做出了一个大胆的预测，"难道是那个小妖的收藏品？"

"哪个妖怪爱收藏这些东西？"泽珊嫌弃地甩了甩袖子，"真是把妖怪的脸都丢尽了。"

"公主殿下，你能不能带我去找银尘？赶在他灭妖之前！"

泽珊看了她一眼，收起玩笑的表情，忽而转身变成一条龙："上来吧。"

白月第一次见到真真正正的龙，比图画上还要神圣，带着来自远古的气场和荣耀。

泽珊载着她在地下世界里飞行，片刻就看到了银衣长发的少年。

银尘悬在半空，手中执一柄长剑，在他对面，一个巨大的黑色怪物足有小山高，尖牙后面发出阵阵低吼，身上的皮毛已有多处受损。

在银尘发动攻击前，白月赶忙叫住他："等一下！"

银尘停住望着她："这个不是你能对付得了的。"

"但我有事想问它。"白月从泽珊身上跳下来，向怪物越走越近，怪物睁着幽绿的双眼，戒备地看着她。

银尘想上前把她拉回来，但被泽珊制止："她一定有自己的计划。"

白月离怪物越来越近，怪物也越发暴躁，它突然抬起爪子，狠狠劈了下来。银尘和泽珊赶忙要冲上去，就在爪子距离白月只有半米距离时，白月开口："你叫什么名字？"

爪子顿了下，怪物一瞬不瞬地看着她。

"我叫白月。你叫什么名字？我看到一路过来好多好玩的东西，是你收藏的吗？"白月歪着头，轻松地笑着。

怪物缓缓收回爪子，沉默了片刻，低声道："我叫阿良。"

"阿良，阿良这个名字很好啊。你好阿良，我是白月。"

"三百年了……已经三百年没人问过我的名字了……"

"那些东西都是你的收藏吗？"

"嗯。"

"好羡慕你有那么多东西……不过，为什么要收藏它们？你也喜欢吗？"

怪物想了想，似乎放下了戒备，说："我不喜欢。但是我想如果有学生进来陪我玩的话，他们会喜欢的吧。"

白月心中渐渐明白了："你喜欢跟学生们一起玩？"

"嗯。"怪物扭动一下胖胖的身躯,似乎有些不好意思,"学生见多识广,又比成熟的学者善良,我独自待在这里很寂寞,要是有学生能来给我说故事就好了。"

果然是一个孤独的妖怪。白月猜对了,因为她能感同身受。

"所以你才设置了那个泥沼?为了能把学生吸进来?"

"是啊……但是至今除了你们,没人进来过。"怪物慢慢坐到地上,似乎陷入了回忆,"我还是一只普通老鼠的时候就在这所学校里了,总有学生到后花园里来读课文、读故事,我觉得很有意思。后来我修炼成了妖,却再没人来念故事了。"怪物铜铃大的眼睛里眸光很明亮,它看着白月说,"你跟别人不一样。你能一直待在这里念故事给我听吗?"

白月歉意地道:"恐怕不能,因为我还有很多别的事要做。不过,"她伸出手,"我也没什么朋友,也许,我们可以做朋友。"

大鼠怪受宠若惊,也学着白月的样子伸出爪子。

它的爪子太大了,白月只能握住一个指甲尖:"你好,我的好朋友。"

在阿良的指引下,白月回到洞口,泽珊勉为其难地道:"算你通过试炼了。好好担负起龙神的责任,不然本公主分分钟就来取代你!"随即趁着大家不注意,她迅速将一张吴彦祖的签名照藏到袖子里。

银尘的脸上还是没什么表情,淡淡地说了句:"我一直在你附近,有事就叫我。"然后,他的手上盛放出白色光晕,缓缓地将白月托到洞口外。

一直蹲在外面的班长一行人已经叫来了救兵,大家面色肃穆,腰上绑着麻绳,正准备下洞去找白月,就看到她从洞里慢慢腾上来。

大家都愣了,目瞪口呆地看着这个景象。

白月不好意思地笑笑,然后眼前一花,虚脱地晕倒了。

七 女龙神正式上岗

也不知道睡了多久,白月最终被腹腔内温和的灼热唤醒。她发现自己躺在卧室的小床上,通过电子钟的显示,她意识到自己睡了整整一天。

白月揉了揉眼，习惯性地站到镜子前，却下意识地惊呼出声——她的额头上冒出了小小龙角，皮肤上也泛出斑驳的龙鳞。

妈呀！成为龙神的代价难道是毁容吗！这样她以后怎么出去见人啊！

似乎听到了她的声音，房门外一阵骚动，白月还来不及躲，门就被推开了，妈妈站在门口温柔地笑道："醒啦？你的朋友一直在等你。"

白月慌张地想拿手遮住龙角，但发现妈妈的视线并未注意到什么，下一秒，她忽然反应过来："朋友……"

"是呀。月月真棒。不过有那么多好朋友，怎么都不告诉妈妈呢？"

妈妈把门全部推开。客厅的沙发上、地毯上坐满了同学，一看到白月就如潮水般围了上来，叽叽喳喳地说："白月你醒啦？"

"白月你还难受吗？"

"我们给你带了好吃的，你好好休息哦！"

"学校门口开了家沙冰店，周一放学一起去吃吧。"

……

白月第一次被那么多人围在中间，有些局促地摸摸龙角，但事实上，除了她以外，别人都看不见这些异样。

她红着脸小声说："那……那就去吃好吃的吧……"

白月的余光扫到窗户边，一道银色的身影一闪而过。

白月忽然之间明白了，也许无声无息，但其实，你正被这个世界温柔地爱着。🔷

楚夏，你愿意和我共度一生吗？

《拾我之珠，娶我为夫》

◆文/锦橙　◇图/九遥×冷色系

一 有鱼妖名为云曲

楚夏的书桌上放着一个圆形的玻璃鱼缸，鱼缸里的假山上正窝着一个大约十厘米大的"假人儿"，他有着一头红红的发丝和好看的红色鱼尾，此时那"假人儿"甩了甩尾巴，向上面游去。

"喂。"

楚夏感觉有人在叫她，虽然很细微但她的确听清楚了。

楚夏揉了揉眼睛从床上坐了起来，一扭头就对上了一双红艳艳的双眸，她吓了一大跳，捂着被子急忙后退："你……你……"

"假人儿"嫌弃地皱了皱眉："看看你现在这个样子，要如何找到一个好的夫家嫁给你。"

"啊？"楚夏愣住了，她瞠目结舌地看着趴在鱼缸边缘的"假人儿"，"你……你会说话？"

"奴家是鲤鱼精，当然会说话了。"他哼了一声，微仰的下巴让他看起来有些傲慢，"奴家唤作云曲，你呢？"

"我……我叫楚夏。"楚夏呆愣愣地回答着，她整理了一下乱糟糟的头发，"所以……你……你是怎么在我的鱼缸里的，还有……我鱼缸里那三条金鱼呢？"

"奴家腹中饥馁，遂……"

楚夏抿了抿唇，打断他："说人话。"

"我肚子饿，忍不住吃了。"云曲伸手剔了剔牙，一脸感叹道，"好久没吃生的了。"

楚夏想哭，真的，她的大宝二宝三宝死得真是太惨了。

楚夏一时间也忘记了恐惧，她黑着脸下床，抱着鱼缸就向浴室走去。

云曲心下涌出了非常不好的预感，他红色的鱼尾拍打着水面，好看的双眸满是忐忑地看着楚夏："你……你要对奴家做什么？"

楚夏面无表情，将他从里面捞出来后对着马桶准备扔下去。

"喂喂喂！你怎么这么凶，以后真的不会有人嫁给你的！"云曲慌了，小手死死地抓着她的手指，一脸不安和恐惧地看着马桶。

楚夏哼笑一声："第一，你吃了我的鱼还不道歉；第二，以后我是要嫁人，不是娶人；第三，我现在把你扔下去是为了救你一命，免得你被人抓去解剖了。"

"不要啊——"云曲大吼着，他眼眶一红，泪水就流了下来，"奴家乃是深海一鲤鱼精，原本是要跃龙门，结果遇到天劫，一醒来就在你鱼缸了，呜呜呜……我好久没吃饭了，实在饿得不行了，才吃掉大人你心爱的金鱼的，我的错我有罪！请不要伤害我啊！我很脆弱的！"

云曲声泪俱下。

看着那张满是惊恐的小脸，楚夏心软了。

二 云曲那条大杀器

楚夏将云曲重新放回到了鱼缸里，云曲抽抽搭搭地躲在了假山后面，鱼尾来回地摆啊摆，看起来可怜得很。

楚夏难得有些内疚，她刚才原本就是要吓唬他一下的，没想到把他吓坏了。

楚夏将手指伸进去，伸手轻轻地戳了戳云曲柔软的肩膀："云曲，你生气了？"

"奴家哪敢生气！"

楚夏眨了眨眼："话说你怎么老是自称奴家？"还有娶个夫家？难不成……楚夏的视线落在了他身上。

云曲见此呼吸一室，红着脸环住了赤裸的胸膛："看什么看！人家是正宗的男儿身！"

楚夏抽了抽嘴角，心里莫名地涌出了无力感。

"我们那片都是母系社会，我们男子都负责在家美美哒，女子要出去打拼赚钱让我们美美哒。"说完，云曲挺了挺胸膛，一脸的骄傲。

看云曲这可爱的模样，楚夏忍不住伸手扯了扯他的尾巴："你美就美，卖什么萌啊！"

如果是别的男人这样卖萌的话，楚夏早就忍不住揍上去了，但很奇怪，这云曲做起来还真萌，忍不住让人抱起来亲亲。

楚夏急忙打消了念头，看时候也不早了，她赶忙换衣服准备去上学。

"啊呀！"云曲突然惊叫一声，白嫩的手捂住了脸蛋，满是惊恐地看着楚夏，"糟糕了！"

"怎么了，一惊一乍的？"

"娘亲说，我若是看到了女人的身体，是要嫁给她的……"说罢，云曲投落在楚夏身上的目光有些嫌弃，"奴家喜欢强壮的女人，因为那才可以保护好奴家，虽然你不强壮……但我看也看了，你要负责！"

她负责个屁啊！

楚夏不想和云曲多说，换好衣服便提着书包冲了出去："我快迟到了，你乖乖地待在家里，知道吗？"

事实上，将云曲一个人放在家里是个错误的行为。

等她回家，迎接她的是家里的满目狼藉。

冰箱的门打开着，地上是拆开的各种包装袋，厨房的锅还热着，此时正炖着乱七八糟的不知是什么的东西，而她房间放零食的柜子也空空如也。

楚夏一个人住，家里也没有被撬过的痕迹，能这么做的只有一个人了。

楚夏越是生气越是冷静，她将外套脱了挂在一边，然后踢开地上的包装袋进了卧室，卧室里传来云曲的歌声，那噼里啪啦碎裂的声音像是伴奏一样。

楚夏推门进去，她的房间乱作一团，地上是书桌和柜子的碎木头。

"嗷——"云曲收最后一个音，同时震碎了唯一完整的吊灯，他浑然不觉，笑眯眯地看着站在门口的楚夏，"小夏，欢迎回来，奴家炖了牛肉汤，应该很快就好了。"

"嗝——"楚夏翻了一个白眼，身子直挺挺地向后倒去。

云曲这条大杀器！她当初就应该把他冲进马桶的！

三 我喜欢你才会缠着你

楚夏一睁眼就对上了一张放大的俊脸，此时他正泪眼汪汪地看着楚夏。楚夏呼吸一室，急忙抱着被子滚到了一边，一脸警惕地看着对方："你……"

"小夏，你可总算是醒了。"云曲摸了一把眼泪，一下子向她扑了过来，"呜呜呜……你吓死奴家了。"

对方强壮的双臂紧紧地环着她的腰身，楚夏脸上一红，不由得拍了拍他的后背，"你哭什么，我还没死呢。"显然楚夏已经忘记到底是谁害得她这样了。

"不管怎样，你没事真是太好了。"云曲破涕为笑，他红色的双眸像是宝石，闪烁着莹莹的光。楚夏一时之间有些看呆了，半晌，她反应过来，神色有些窘迫："你……你怎么变大了？"

云曲眸底突然有一闪而过的精光，他对着楚夏露出一个无害的笑容："之前因为虚弱，现在吃了很多东西就恢复过来了，所以就变大了啊。"他眨了眨好看的眼睛，"为了方便照顾你，奴家不准备变小了！"

被云曲这么一提醒，楚夏才想起外面的狼藉，她捂住因为重创而隐隐作痛的心脏，咬牙切齿道："我说……外面那些，是你弄的吧。"

云曲将双腿变成鱼尾，开心地晃了晃："是啊。"

"呵呵。"楚夏一拳头揍了上去，咆哮道，"你现在也恢复好了，赶紧给我离开吧！不要再缠着我了！还有不要自称奴家了！"

云曲先是一愣,随之咬唇呜咽道:"奴……我是……喜欢你才缠着你啊。"

喜欢……

楚夏瞪大眼睛,一时之间一句话也说不出来了。

楚夏小时候曾吃过一颗珠子,据说那是供奉海里的鱼神的,小镇里面的人迷信,从那天开始楚夏就成了小镇里不太受欢迎的存在。长大后,她在外面上学,因为性格原因也没有什么朋友,云曲这样一说,她心里莫名有些感动。

"随……随便你好了。"楚夏咬了咬下唇,她拍了拍他的后脑勺,"你快点变小啦,这样很奇怪,再说了,如果被人进来看到也不好。"

"为什么不好?"云曲歪头看她,一脸的单纯无辜。

楚夏呼吸一窒,半晌说不出一句话来。

被云曲弄得乱七八糟的屋子她是要收拾的,坏掉的家具也是要买的,楚夏一时之间有些犯难:"你看看你把这里弄成什么样子了嘛。"

"我又不是故意的。"云曲有些心虚,他伸手摸了摸鼻子,漂亮的双眸来回乱瞟,微红的耳垂让他看起来有些可爱。楚夏心头重重一跳,别过头也没有说话。

"应该是我声音的原因,下次我不会在家里唱歌了。"云曲很快恢复了活力,"我帮你收拾屋子好了。"他说着拉起了倒在地上的椅子,只听"咔嚓"一声,云曲手上的椅子断成了两段。

楚夏:"……"

楚夏彻底不指望云曲了,她收拾着家里的狼藉,而云曲屁颠屁颠地跟在她的身边。她脚步一顿,云曲那高大的身体便撞上了她的身体。

楚夏有些忍无可忍:"你如果没事就坐在一边好吗?"

"我想跟着你嘛。"云曲嘟嘴卖萌,双眸闪烁着莹莹的光。

楚夏有些无力,也不再管他了:"我要出去买东西,你一个人乖乖待在家里。"

云曲眼珠子转了转,也不知道是不是楚夏的错觉,她感觉云曲的笑容带着些许的狡黠。

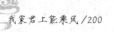

"我和你一起去。"

拗不过云曲，楚夏只能将云曲一起带了出去。

四 我不会让人欺负你

云曲变小后藏在了楚夏的口袋里，初到人世间的鱼妖不管对什么都表现出非同一般的好奇，看着眉开眼笑的云曲，楚夏的心情也跟着好了起来。

她先是去家具市场看了一些便宜的家具，然后准备去买些菜犒劳一下辛苦劳累的自己。云曲一听要去买吃的，一下子就乐得找不着北了。

"楚夏？"

就在此时，楚夏听到有人在叫她。楚夏放下手上的水果，扭头看向来人，她的身体有片刻的僵硬，随之皱起了眉头，眸子里满是不满的光，尽管那不满非常细微，但还是被敏感的云曲所捕捉到。

"婶婶啊。"楚夏对着来人打了个招呼，她扫了一眼跟在她身边的微胖的男孩，没有说话。

楚夏的婶婶李春芝眼神闪过轻蔑，她上前几步："楚夏也是出来买菜的啊。"

"嗯。"楚夏抿了抿唇，低低地应了一声。

云曲感觉到楚夏的不耐，他在她口袋里滚了两圈。楚夏见此将手伸到了口袋里，食指捂住了他的嘴巴："婶婶还有事吗？"

李春芝还没有说话，她身边的儿子便开始行动了，只见他肥胖的身子冲到了楚夏面前，强横将她的手抽了出来，然后一把将口袋里的云曲夺了过去。

云曲被捏得出不上气，脸色通红，看起来痛苦得很。

楚夏心里一惊，急忙上前争夺："还给我！"

"不给不给，这是我的了。"李春芝的儿子蛮横得很，高高举着云曲，在地上又蹦又跳，"这玩具是我的了。"

"还给我！"楚夏恼了，她一拳头揍了上去，怒气冲冲地将云曲夺了过来，然后小心翼翼地放在自己的手上观察着，生怕云曲被伤及。

楚夏的双眸满是认真，云曲没有看过她这样的神色，他如同火焰一样的眼睛与她直视，一时之间有些心跳如鼓。

"妈！她欺负我！"

一见儿子被欺负了，李春芝挥起拳头就要往楚夏身上抢。此时云曲双眸一锐，他张了张嘴，音波如同水中的涟漪一样缓缓散开，李春芝和小胖子痛苦地趴在地上呻吟。

楚夏见此急忙离开了那是非之地，却没有发现小胖子一直盯着她的口袋，双眸之中满是惊恐，半晌，他呢喃一句："怪物……"

"你刚才干吗要帮我啊？"

"我不会让人欺负你的。"云曲轻声说着，水波潋滟的双眸里满是认真。

楚夏脚步一顿，低头讶然地看着云曲精致好看的侧脸，她一时之间有些热泪盈眶。

（五）你要对我负责

楚夏怎么也没有想到安宸会对她发出约会的邀请。

安宸是学校里的风云人物，温文尔雅对人又好，他从来没有在意楚夏是小地方来的人，反而有时候会给予她帮助，这样的人楚夏自然是非常有好感的。

这天她穿上了非常漂亮的裙子，脸上还化了些许的淡妆，让她看起来精致不少。

云曲不安地在她身边徘徊着，他好看的眉头时不时皱上一下，又欲言又止地看着楚夏。最后，他站在了她身后，俊美的脸上布满了不满："小夏，你是要出去吗？你是要扔下我一个人出去吗？！"云曲的声线之中是浓浓的忐忑和不安。

"安宸学长的邀请我不能不去啊。"楚夏抿了抿涂着唇蜜的嘴唇，原本红润的唇瓣因涂抹了唇蜜像是水蜜桃一样。云曲盯着她的双唇，一下子呆了。

"你一直看着我做什么？"楚夏扭头困惑地看着他，然后不可思议的一幕发生了。

云曲突然捧住了她的脸蛋，俯身在她嘴唇上落下重重的一个吻。

"啪嗒！"

楚夏手上的唇膏一下子摔落在地，她有些反应不过来，但唇上那滚烫的感觉告诉她这一切是真的。

"你干吗？！"楚夏一把将云曲推开，她伸手狠狠地擦拭着嘴巴，也不在意嘴巴上残留的唇膏弄得到处都是。楚夏瞪大眼睛看着云曲，双眸之中满是愤怒。

云曲被她的反应弄得有些无措，他抿了抿唇瓣，眼眶发红，看起来委屈得紧。

原本愤怒的楚夏在看到他的表情时突然有些无措，但一想到那个唐突的吻，她又愤怒起来："就算你装可怜也没有用了！"

"是……是你抹得那么好看的！"云曲也提高音量，"总之，我不允许你出去和什么什么人约会！"

"就算我出去也和你没有关系吧？"楚夏心里有些无奈，她总感觉自从云曲来了以后，就老是管她的事，将一切弄得乱七八糟，让她心力交瘁。

"怎么能没关系！"像是听到了极其受打击的事一样，云曲的表情非常难过，下一秒他胸膛一挺，"我……我之前看了你的身体！你要对我负责。"

楚夏："……"完全不想要和他说话了好吗？

时间已经有些晚了，楚夏不想和云曲再纠缠下去，她赶忙收拾好东西，急冲冲地就要出门。

"小夏，"云曲一把拉住了她的手腕，长长的睫毛轻轻颤抖，他声线清浅如同羽毛，"你别走……"

楚夏看着云曲那好看的带着哀求之色的双眸，她莫名有些心慌，急忙抽出了自己的手，头也不回地跑出了房间。

安宸早就等候多时，他穿着简单的白衬衫牛仔裤，让他看起来越发干净俊朗。

楚夏匆匆地跑了过去，白皙的小脸通红："久等了，学长。"

"嗯。"安宸温和地笑了笑，"走吧。"

"好。"很奇怪，楚夏明明应该是开心的，但是她心中怎么都止不住地思念云曲。

她不在，云曲是不是会很难过？

（六）把云曲还给我

楚夏走后，一只螃蟹突然钻了出来："我说殿下，你还没追到楚小姐吗？你到底能不能成啊？着急死了。"

云曲双眸一锐，看向了躲在一边的一只螃蟹，螃蟹继续唠叨道："楚夏小姐是被海洋选择的新娘，如果你不追到她简直不好交代啊。"

云曲没有说话，他脸色阴沉得可怕，一点儿也看不出曾经的阳光可爱。

"殿下，我在和你说话。"红色的螃蟹着急地在地上踱步，"我冒险来到这里的啊殿下，殿下你别告诉我你什么都做不成。"

"你烦死了。"云曲危险地眯了眯双眸，他弯腰将螃蟹捡了起来，二话不说将螃蟹从窗户里丢了出去。

"殿下——我们还能不能愉快地玩耍了啊啊啊——啊！"

哼！

云曲在心里哼了一声，此时耳边响起了开门的声音，他眼睛一亮，难不成楚夏回来了？

云曲消失了。

一开始，楚夏只是以为云曲在闹别扭，所以也不是那么在意，云曲性格像是小孩子一样，到时候她给他买一些吃的赔礼道歉，一切就皆大欢喜。但楚夏在家里等了几天也没有等到云曲。楚夏终于慌了。

云曲走了，这个认知竟让她非常痛苦，她每天醒来都会看向柜子上的浴缸，里面空荡荡的，再也没有一个小人儿从里面爬出来，然后向她问好。

寂寞……

楚夏貌似好久没有感觉到了，她明明一直都是一个人，一直在寂寞着，可是吵闹的云曲将那感觉驱逐得干干净净；如今……云曲走了，寂寞又回来了。

"云曲……"楚夏曲起手指轻轻地敲响了浴缸，清脆的声音回荡在空寂的房间之中。她一直以为自己不会害怕寂寞，因为那种东西一早就习惯了。但现在楚夏发现……她第一次如此希望，有一个人可以站出来，对她展露笑颜和她说："小夏，我们在一起吧。"

就在楚夏浑浑噩噩的时候，鱼缸里突然冲出了一只红色的螃蟹："小夏小姐，不好了！云曲被那个眯眯眼绑架了！"

楚夏被会说话的螃蟹吓了一大跳，转而一想，她鲤鱼妖也见过了，会说话的螃蟹算什么，她镇定下来："眯眯眼？"

"就是那个安宸？"螃蟹趴在鱼缸上，"他一定是想要解剖云曲的。"

楚夏心头重重一跳，她连连摇头："不……不可能，安宸学长不会做那种事。"那个人温柔又善良，对谁都浅笑盈盈，怎么可能……

螃蟹着急了："小夏小姐，安宸的父亲是做研究的，如果你再不快点，云曲明天就要送到研究院了！"

楚夏心下一惊，貌似真的有人说过安宸家的事情。

难不成云曲会……楚夏想到那种可能就无比心慌，她二话不说拿起东西就向安宸的家冲去。

"螃蟹只能帮你到这儿了。"鱼缸里的螃蟹看着急冲冲跑出去的楚夏，它转了转眼珠子，突然想起一个很重要的问题，它怎么出去啊浑蛋！

 七 尾声

楚夏还是去晚了一步，安家没有人在，看样子安宸已经带着云曲去了实验室了。

楚夏通红的双眸看着那扇紧闭的大门，她一眨眼，眼泪就落了下来："云曲……"

"哭什么。"那只通红的螃蟹不知什么时候又爬了出来，它像是受了很大的苦，哼唧哼唧地爬上了她的肩膀，"走吧，我们去救殿下……不是云曲。"

殿下？

楚夏直觉云曲有事情瞒着她，不过现在最重要的事情就是救出云曲。

而被关在实验室的云曲正气呼呼地趴在水箱底下，他鼓着腮帮子，双眸中像是有两团火在烧：被深海之珠所选的新娘必定是和他可以共度一生的，云曲也以为楚夏将会是那个人，可是……她和别人，终究没什么两样。

云曲闭了闭眼睛，轻轻低喃："还是回去吧……"他毕竟是海之子，离开大海久了也不好交代。

但他突然觉得有些不对，楚夏……不像是那种人啊？

云曲眉头一皱，看向了一直坐在一边的安宸："我说，你是怎么知道我的存在的？"

安宸抬头看了云曲一眼，回答道："那要多亏楚夏的表弟了，若不是那天我撞到他他和我说的，这一切都要失之交臂了呢。"

云曲想起了那天和楚夏一起出去碰到的那个小胖子，他捏了捏手臂，深吸一口气吐出了几个水泡泡。

安宸嗤笑一声："不然你以为我真的会喜欢那个土得要死的楚夏吗？如果不是为了抓你，我才不会和她提出约会，没想到她竟然真的兴冲冲地去了。"

云曲的双眸渐渐沉了下去，他看着眼前得意的男人，想起那天的楚夏，突然笑了，笑容非常阴冷："你要为这一切付出代价的。"

云曲张开嘴，音波一圈一圈晕染开来。安宸一愣，还没有回神便头痛欲裂，他捂着脑袋，最后扑通一声摔倒在了地上。

云曲哼笑一声，鱼妖的歌声虽美妙至极，却也会变成致命的利器。

于是，楚夏冲进来的时候看到的就是这样一幕。在看到楚夏的时候，云曲眼睛一亮，他二话不说扑了上去："小夏，我好想你。"

　　楚夏看到完整的云曲松了一口气，不过也是，云曲杀伤力这么大，怎么可能会出现什么问题，真是关心则乱。

　　她平稳了一下呼吸，从口袋里将那只螃蟹扯了出来。

　　"殿下，我觉得你应该和我解释一些事情。"楚夏笑眯眯地看着云曲，声音却冷了下去，"我不想听什么你是鲤鱼跃龙门来的哦。"

　　接下来，云曲声情并茂地讲述了一条小鲤鱼出来找寻娘子并且三番五次被娘子嫌弃的故事，但重点不是这个。

　　楚夏满是诧异地看着云曲，她不由得摸了摸自己的肚子："我小时候吞的那颗珠子是深海之珠？"

　　"是啊。"云曲点头，双眸亮晶晶地看着楚夏，"被深海之珠选择的女人将会是海之子未来的妻子，所以……你愿意和我共度一生吗？"他拉着她的手，满脸真挚地看着楚夏。他知道她脾气暴躁、对他暴力，性格也不是很好，可是这样一个脾气暴躁的楚夏，却一直包容着这么不好的他。

　　云曲温柔地看着她，声音沙哑而真挚："楚夏，我想和你在一起。"

　　沉默了一会儿，楚夏听到自己说："不好。"

　　云曲先是一愣，然后哭丧着脸看着楚夏："为什么？"

　　"我只是在想……"楚夏一脸专注地看着云曲，"我们两个以后生下的孩子是人还是鱼啊？"

　　云曲："……"

　　不过这个问题的答案，留到以后再说好了。🕸

他要去找女巫变成人，等他回来时我一定会记得他。

《我爱洗澡尾巴好好》

◆文/蛋汤不要葱　◇图/fuhsi（A2动漫工作室）

一 这条人鱼太难养

"小爽呀，虽然阿姨说包水电费，但是也不带你这么消耗的，你看，阿姨收到的水费单，你这三个月竟然用了这么多！"在我收留琥珀的第三个月里，按季收房租的房东阿姨拿着水费单一脸不可思议地找上门。

我红着一张脸不知该如何作答，将备好的房租交到房东的手上后，又从口袋里掏出了两百作为水费补偿给她。

"阿姨，今后水费我自己出吧。"

"也不是阿姨小气，实在是……"

将房东送走后，我靠在门上叹了口气，浴室里不时地传来"哗啦哗啦"的水声，琥珀那家伙，估摸着又在浪费水资源了。

"小爽，你出去好久了。"回到浴室，琥珀趴在浴缸边上咕哝着，翘起的蔚蓝鱼尾如同缀满了星辰碎片，泛着盈盈的光泽。

直到现在，我依旧不太能接受我救了一条"人鱼"这件事情。

"小爽，今天又到了吃沙丁鱼罐头的时间了！"琥珀兴奋地睁着一双浅绿的眸子看着我，鱼尾也随即在水面来回拍打，溅了我一身的水渍。

"是，是，我现在就去拿。"

转身的时候，我忍不住又叹了一口气，继续想不通自己为何会将琥珀救了回来。

三个月前，因为高三我特意从校宿舍搬到外面去住，方便安静学习，最终选定了一处靠海的屋子，也就在那一天，我在海边遇到了奄奄一息的琥珀。

"唔……海水有毒，污染了海草，所以就中毒了。"琥珀眯着眼，塞着满嘴的沙丁鱼，一副享受极了的模样。

"那你打算什么时候回去？"

我想或许我说这句话的时候心里的那点小情绪暴露出来了，琥珀停止了继续往嘴里塞沙丁鱼的动作，漂亮的眸子里渐渐蒙上了一层水泽，他委屈地说道："小爽是想赶我走了吗？"

……

"别多想。"我微微扬起了一个微笑，摸了摸琥珀湿漉漉的头，几缕金色的发丝顺势黏在了我的手上。

真怀疑这家伙是不是有窥心术，知道我对扮可怜的无计可施。

"那就好，小爽，那我能再来一罐沙丁鱼吗？"

"不行！"

得寸进尺的家伙！因为他，我现在每个月的开支远远超出了预算，人鱼不是都该吃海草的吗？为什么这家伙什么都吃，而且还专挑贵的！

"呜呜……小爽，你别走啊……那罐头里还有两条没吃完啊——"

二 这条人鱼爱卖萌

我叫齐小爽，鹭岛高中的高三学生，不久前，我捡到了一条人鱼。

将最后一个标点落下后，我合上了日记本准备出门去采购点东西，具体说应该是，采购琥珀所需的东西。

因为害怕那家伙无聊，我时不时会拿些画册给他看，没想到超市特惠单不知不觉竟夹在其中，被那好奇的家伙给仔仔细细看完了后，便开始在卖萌的道路上一去不复返了。

"小爽小爽，我想要这个……"

"不行！"

"小爽小爽，上面说吃了这个巧克力，就可以尽享丝滑了呢。"

"笨蛋，那只是个宣传词，骗人的！"

"还有这个，小爽，吃了辣条就等于拥有全世界了。"

"白痴！给你看的画册你都看哪儿去了。"

回想起琥珀那人高马大的身躯，却是将卖萌做到了极致，我开始考虑要不要去书店给他选几本关于人生的书让他好好钻研钻研。

采购好东西回到家里时，我瞧见了一条行径极为可疑的水渍，从浴室一路漫延到了客厅。

一股不好的预感让我快速地朝客厅走去……

"琥珀！"

我咬牙切齿地看着客厅里的一团乱，以及我那一半被水染湿的课本，而肇事者却从沙发背后悄悄露出了一双极为无辜的眼睛望着我。

"小爽。"

"老实交代。"我抑制住想要把他扔出去的冲动，看着琥珀从沙发背后慢慢地用双臂爬了出来。

琥珀估计是知道我真生气了，此时万分乖巧，他以打滚的方式滚到了我面前，无辜的嘴角一弯，委屈地说道："浴室有蟑螂，我受到了惊吓，就爬出来了。"

闻言，我好气又好笑，也不知到底谁是那只惹祸的蟑螂。

"你一尾巴不知道都可以拍死多少蟑螂了，竟然还会怕。"

我一路拖着琥珀回到了浴缸，却见他极为不满地摆了摆鱼尾："那东西有脚，跑得很快。"

"你们人鱼不是也有女巫吗，用声音啊什么的找女巫换取双脚这样。"回想起迪士尼的动画情节，我忍不住打趣道。

琥珀听了却是一脸惊恐地看着我："小爽，你怎么会知道我们人鱼族的事。"

"……"

这家伙……又在卖萌吗？

三 这条人鱼会变身

在我打了第三次哈欠时，琥珀终于停下了与小黄鸭的嬉戏，关心地问我："小爽，你是不是也吃了海草了。"

我困乏着一张脸看向他，又看了看手上的表，答道："没有啊，怎么了？"

"你两只眼睛下面黑黑的，跟我上次吃了海草一样像中毒了。"

"你才中毒。"我抽走了琥珀手中的小黄鸭，一手指向洒满消毒剂的浴缸，"时间到了，浴缸自己清理，放水这些我都教你了，现在开始不准发出声音。"

下次我应该教教琥珀怎么看表，不然每次都要耽误一些时间在这上面太费神了。

"小爽，你不洗澡吗？"琥珀扯住了我的袖子，歪着头看我，"我知道人类都要洗澡的，可是我只见过你刷牙和洗脸。"

那是当然啊！那么大一个人，不对，一条人鱼摆在浴室里，还是个公的，每次早晨穿睡衣进来刷牙洗脸都觉得别扭好吗？

"附近有公共澡堂。你在干吗……"

琥珀将热水的出口开至最大，片刻整个浴室雾气腾腾的，消毒剂特有的味道充斥着整个空间，莫名地让人有种身在泳池的异样感。

熟悉的不祥预感再次涌出，我一脸警惕地看着面前这条愚蠢的人鱼。

琥珀漂亮的脸蛋因为热气被熏得微微泛着红，金色的长发散乱地垂在身上，他略微羞涩地又扯了扯我的袖子，呢喃道："小爽，其实我……"

扑通扑通，不知是不是热气的缘故，隐隐觉得心跳加快了许多。琥珀碧绿的眸子亮闪闪地瞅着我，我忍不住下意识地咽了口唾沫，随着他的欲言又止整个人都不自觉地跟着紧张了起来。

这家伙……要说什么？

"其实我……"琥珀缓缓凑了过来。

其实他……

他支起的身子离我越来越近，我渐渐感觉血液上涌眼前微微有些发晃，胸口的心跳已经快要爆棚。

"噗叽——"一团白烟扑面而来，还带着一股的冲劲将我整张脸来了个快速的蒸气 SPA。

"其实我可以变身，哈哈哈，小爽，你瞧你瞧。"

"……"

我无言地看着在地砖上变成鲤鱼活蹦乱跳的琥珀，内心深处杀戮的岩浆喷涌而出，一把将他抓起就朝浴缸狠狠扔去。

消毒剂，毒死这条鱼吧。

琥珀在进入水面之前就快速地变回了人鱼的模样，结果庞然大物投进水中溅起了一大片水花。

"小爽……我……我不是故意的。"

我垂着头看着自己一身湿漉漉的，深深地叹了口气。

心好累，感觉不会再爱了。

四 这条人鱼怪怪的

介于上次变身事故，我断绝了琥珀素来最爱的沙丁鱼罐头，原本我想着他肯定要大吵大闹，拍水抗议，但奇怪的是……

我叼着牙刷斜睨浴缸里安静的琥珀，此刻的他正低垂着头把玩自己的长发，时不时飞瞟我两眼，撞上我的视线后脸上便生起可疑的红晕，让我觉得或许他得病了。

"你们如果生病了该怎么办？"

我不动声色地继续刷着牙，透过镜子看见琥珀得意地笑了笑，露出了嘴角边上的小尖牙。

唔……小尖牙挺可爱的。

"小爽，我们人鱼是不会生病的。"

"哦？那你最近为什么老脸红？"

我索性转身对着琥珀，结果他白皙的皮肤立刻又是透红，眼里还闪过一丝慌乱。难道是上次我把他扔水里太凶，吓着他了？

"没……没什么。"他别过眼微微将身子往水里沉了沉，半张脸都浸在了水中。

我呼吸微微一滞，迅速地洗漱了一番便离开了浴室。

出门的那一刻，我用力地甩了甩头，真奇怪，最近觉得琥珀越来越可爱的想法老是冒出来。

"嘿，准备去上学了吗？"

正在锁门时，声旁传来了个利落的男声，我顺势看了过去，微微有些诧异。同我打招呼的是住在隔壁的男生，看上去没大我多少，不过是个上班族。

"是的。"朝他笑了笑，我便快步走了。

后面的连续几天里，我总能在出门时遇到这个男生，接触多了，倒觉得性格挺爽朗的。

琥珀听到我这么说的时候，原本安静的模样立刻变得张牙舞爪了起来。

"小爽，那个男生比我好吗？"琥珀颇为激动地说着。

"？？？"

一个人和一条人鱼，有可比性吗？

琥珀见我没表态，两个腮帮子鼓鼓的闹着脾气。

我见此忍不住伸手戳了戳，质感意外的不错。

"小爽……"

"嗯。"

"带我出去逛逛吧，我想看看小爽生活的世界。"

"不行。"我摇了摇头，先不说带琥珀出门下一秒他可能就被人抓去做研究了，单是他这体型无论我是拖还是扛都禁不起远距离的消耗，"你太大了，而且你不知道人心险恶。"

话音刚落下，眼前便是一阵白雾，琥珀利落地变成鲤鱼的样子，扑通扑通的水泡不断往外冒。

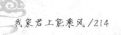

"这样就可以了吧。"

我可能上辈子是捕鱼的，所以这辈子注定被条人鱼折磨，走在路上，我捧着手中的鱼缸这么想着。

还好琥珀在外面的表现还不错，一路逛去倒也没出什么岔子，只不过回来的时候，我恰好又遇上了隔壁的邻居，他瞧见我笑了笑。

"出去散步吗？"

我点了点头，感觉到怀中鱼缸一震一震的，琥珀这条笨人鱼竟然在用脑袋撞鱼缸。

与邻居草草说了几句后，我回到屋子将琥珀放进了浴缸里，他立刻变回了人鱼的样子，只不过额头上红通通的，看来他撞得还挺用力的。

琥珀红着眼眶可怜兮兮地看着我说道："小爽，我不喜欢那个人类。"

五 这条人鱼怪歌喉

我从浴柜掏出药膏往他额头擦了擦，应了一声"嗯"。

"小爽，你以后别跟其他雄性生物说话，好不好。"琥珀用脸蹭了蹭我的手臂，两眼一眯，诱惑性十足。

这家伙属犬类的吗？

"按照我们人的说法，那不叫雄性，叫男性。还有，教科书上说，要保持邻里之间的和睦相处，共建和谐社会。"

琥珀显然听不懂这么深奥的话，他得寸进尺地继续黏了上来："能不能只对我好？"

我顿了顿，瞧着他一脸期待的模样。

"我得去复习了，别出声。"

"哦。"琥珀失望地缩回自己的位置，垂着头无精打采。

教科书上的字不知为何变得有些难以入目，我忍不住看了看浴室的位置，脑袋里老蹦出琥珀刚才的神情。

嗯，还是和邻居保持点距离好了，毕竟这世上坏人也挺多的。

后来我为做了这个正确的决定感到庆幸，同时也觉得琥珀虽然傻气了点，但还是有一双善于发现恶的眼睛，只不过，人鱼都拥有美丽的歌喉这个问题有待考证。

那是在我回避了邻居一个星期后的周末发生的事，那时我正在给琥珀读《如何提高智商》这本书，门铃就响了。

我开门一看，有些意外，出现的是邻居的脸。

"有事吗？"

"那个，钥匙被我锁在房间了，能借你家阳台一用吗？"

"不好意思，我家阳台上有防盗网。"

"这样啊，那打扰了。"邻居转身欲走，突然又一个回身用力将我还未锁上的门撞开，猝不及防的，我被撞倒在地。

我瞧见他狰狞的一张面孔，以及手上拿着的小刀。

"小爽，你怎么了吗？"琥珀听到外面的动静，从浴室传来了询问声。

千万不能让琥珀被发现！我见邻居有一丝迟疑，快速地爬起就朝浴室跑去。

"小爽……"

"嘘！"我喘着气将身子抵在门后，示意琥珀不要说话。

不消片刻，剧烈的捶门声铺天盖地地响起，连带着我跟门一起在震动。

"琥珀，快变成鱼，别被发现！"

"小爽，那你怎么办。"

"我没事，你快变。"感觉到身后的门支撑不了多久，我催促道。

那是我第一次瞧见琥珀的脸上有另一种神情，眉宇间透着一股凛然，他沉声道："小爽，到我这儿来。"

"外面……是坏人。"

"你忘了，人鱼的歌喉能迷惑人吗？"他扬起嘴角，透着满满的胜券在握。

邻居闯进来的时候，手上已经多了一把工具，他瞧见赤裸着上身的琥珀以及站在边上的我时，笑得十分丧心病狂。

我紧张地看着琥珀，毕竟这可是生死关头，如果这家伙不靠谱……

耳边悠悠地响起了奇怪的调子，我听见琥珀这么唱着："我的滑板鞋时尚时尚最时尚，回家的路上我情不自禁，摩擦……摩擦……"

作为一条人鱼，琥珀很接地气！

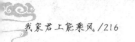（六）**这条人鱼的敏感期**

邻居最后的下场自然是交给了警察来处理，经过调查，原来邻居早已是前科累累。这件事最高兴的莫过于琥珀了，但我总觉得他高兴的点不太正确。

"哼哼，这下没人能跟我抢小爽了。"

"你多虑了。"

"小爽，我不回去了，我想跟你待一辈子。"琥珀开心地摇摆着尾巴，又将水洒得一地都是。

我盯着水出神，脑中快速地盘算着倘若琥珀不走，一天要换三次水，一年三百六十五天，也就是要换一千零九十五次，除非市里的水库是我家的，不然我养不起琥珀。

"高考结束我就回家住了。"我淡定地朝他说道。

琥珀面上一愣，笑嘻嘻地转移了话题："小爽，看在我英雄救美的份上，好久没吃鱼罐头了……"

"嗯，我去拿。"

从冰箱取出鱼罐头的时候，我感觉鼻子有些痒痒的，伸手随意一摸，鲜红的血迹在冰箱灯的光照下有些刺眼。

"最近的身体有些差啊。"我自言自语地顺便看了眼手臂上的淤青，这也是前几天才发现的，算了，应该没什么事。

"吃吧，作为奖励，有两罐。"

"小爽最棒了！"琥珀开心地一把夺过我手中的罐头，大大咧咧地吃了起来，见我还站在一旁，他疑惑地看了看我，说道，"小爽，你在干吗？"

"找药，最近可能复习太紧张，身体有些差。"

我正在翻找，琥珀突然一把抓过我的手臂，力道大得我有些疼。

"嘶，琥珀，你……"还没说完的话被噎在口中，因为琥珀此刻的表情有些吓人。

眉头紧皱，眸色幽深，握着我手臂的手都隐隐露出了青筋。

"小爽，你手上的斑点什么时候出现的。"

"不知道，有几天了，可能营养没调好吧，你能先松手吗？疼。"

"不好意思。"琥珀很快又变回了平时的表情，他松开手朝我吐了吐舌头，"既然这样，小爽快去休息吧，如果……嗯，有不舒服的话告诉我哦。"

"嗯。"

去医院检查了一番确定自己没事后，我便不太在意自己的身体，反倒是琥珀又开始处于某种敏感奇怪的时期了，比如有时候他喊我我没来得及应答，就听到他在浴室里抽抽搭搭地哭了起来，或者直接从浴缸里爬出来确定我在哪个位置……

唉，人鱼真的好难懂！

这一日，我正准备复习，眼前突然一黑，随之而来的便是铺天盖地的眩晕感，失去意识前，我又听到琥珀这个磨人的小妖精在呼喊我。

七 这条人鱼离开了

迷迷糊糊间，耳边有人在抽抽搭搭地哭泣，那声音极为熟悉，有点像是……琥珀的。

"吵死了。"我皱着眉呢喃了一句。

"小爽！你醒了吗，吓死我了，呜呜……我以为你要死了。"琥珀放大的一张脸近在咫尺。

"瞎说什么。"我一把将他的脸推开，才觉得呼吸稍稍顺畅了些。

从琥珀那断断续续的描述中我得知自己昏睡了许久，他当时喊我没反应，所以又麻利地从浴缸里爬了出来。

"要是我有双脚就好了。"琥珀黯然地看了看自己的尾巴，"小爽昏倒了我也不能立刻出现。"

不知为何我听了有些心疼，习惯性地摸了摸他的脑袋："别多想，这不关你的事。"

"不是的！小爽昏倒都是我害的。"

"嗯？"

"是我太贪心了，想要一直待在小爽的身边。"琥珀垂眸，"人鱼自古就象征着恶兆，所以如果我继续和小爽在一起，你……你会死的。"

"现在提倡科学世界，别拿迷信的东西来糊弄我。"我伸手弹了弹琥珀的额头，将他打发回了浴室里。

只可惜事与愿违，估计真如琥珀所说那样，我渐渐感觉到身体一日不如一日，琥珀也失去了以往的活力，每次见我时两只眼睛里除了挂着眼泪就是担心。

半夜里，我睡得昏昏沉沉的，感觉身边好像有谁在喃喃细语，可惜我已经没力气睁开眼。片刻唇上一片凉意，有什么东西滑入我的口中，最后滑进了我的胃里，顿时通体舒畅了许多，意识也渐渐有了些许。

耳边传来了一句话，我猛地睁开了眼，刺眼的阳光立刻让我眼前一花。

原来已经白天了啊。那果然是梦吧，不然怎么听到有条人鱼对自己说"我喜欢你"？

刷牙洗脸的时候，我感觉有些怪怪的，忍住瞅了眼身旁空空的浴缸，依稀觉得好像少了些什么。

"啊！对了,沐浴液没有了。"我如梦初醒,快速地着装完毕出门去学校,今天可是高考啊。

经过家附近的时候，我瞧见有几个熊孩子正往大海里倒些黑黑的液体，我佯装凶恶地走了上去。

"你们老师没教你们不能污染环境吗？"

"又没关系，只是一点点。"

"到时候污染了水生物，有人吃了中毒怎么办？"

熊孩子闻言鄙夷地看着我："大海里哪里会有人？"说罢，朝我吐了吐舌头就跑得远远的。

是了，最近复习脑子都呆了吧，大海里，怎么会有人呢？

我在原地站了片刻，便朝学校走去。

这个夏天，正式开始了。

尾声 这条人鱼叫琥珀

高考分数下来后，我的成绩不太理想，勉强压了线进了大学。海边的房子也退了，收拾行李的时候我将一冰箱的鱼罐头都送给了房东，真不知道从来不爱吃罐头的我为什么会买这么多。

与同学一同前往大学报到，她一直叽叽喳喳在我耳边唠叨。

"小爽，你听说了吗，今年有个新生好像是中法混血的。"

"我对这个不太感兴趣。"我笑了笑，恰好被前面一群女生给挡住了去路。

"小爽小爽，看，是那个中法混血！"同学激动地摇曳着我的手臂，我顺着她指的方向看去。

金发，绿眸，一张脸漂亮得十分眼熟，脑袋里绷着的线徒然断开。

我想起来了……

几个月前，我养了条人鱼，冰箱里的罐头是给他吃的，后来他离开时同我说，他要去找女巫变成人，等他回来时我一定会记得他。

"小爽，他看过来了耶，快看快看。"

我对上他的视线，他笑着朝我缓步走来。

他叫，琥珀。✿

只要你能回来，我什么都可以不要。

◈洗出一只男神来◈

◆文/K君　◇图/星海琦

一 洗出来的美男

早上出门，门外站着个水淋淋的古装男，他头发蓬乱，额头上长着两个角，眼神不悦："女人，你想要什么？想要什么就告诉本王啊！你不说本王怎么知道你想要什么！"

路人议论纷纷：

"嘿，俩傻子。"

"那女的真胖！"

染熙气红了脸，绕过他去上学。这人跟在她背后喊："有愿望快说啊，本王很忙哒！"

染熙快气炸了。

那一天，她好端端地用洗衣机洗衣服，洗衣机忽然开口：

"善良的胖子哟，是你召唤本王吗？"

洗衣机发出金光，一个古装美男冒出头来。洗衣机还在转，他一冒出头就被带得不停地旋转，乌黑秀发挡住眼："哎呀呀呀，善良的胖子，快关洗衣机，我要吐了！"

染熙急忙关掉洗衣机。古装美男站起来，湿淋淋的头发散落下来，露出美丽得不可方物的面孔，唯独额头上有两个小犄角将他衬得别样萌。

他自称夜灵，是住在洗衣机里的龙王。

"洗衣机还有龙王？"染熙震惊了。

"有河龙王海龙王井龙王，怎么不能有洗衣机龙王！"这只龙王高傲地说，"你有缘召唤出本王，本王会实现你一个愿望。"

忽然，染熙妈妈的声音传来："染熙，你和谁在说话？"

染熙一激灵，让他躲在窗台上。谁知该龙王一不小心，倒栽下去。染熙惊恐地朝下看，龙王正趴在水泥地上，四肢成"卍"形，一抽一抽地。

染熙吓傻了，刚要打120。夜灵忽然地从地上蹦起："你这朵奇葩的胖子！言情剧女主见本王死了，都会趴我身上哭：嘤嘤嘤，求你不要死。"

染熙心头火起："言情剧女主有胖子吗？"

对面楼"哗"地推开窗户，一老太太说："号什么号，胖就胖了，还不讲公德！"又对夜灵说，"小伙子别怕她，接着死，我女儿正飞奔下楼准备哭你。我同意你俩恋爱扯证。"

夜灵扭头就走。

染熙默默拉上窗户，怀疑自己熬夜看小说出现幻觉了。

谁知第二天，染熙一出门就撞见夜灵。她好不容易躲开他到学校，却又看见一辆熟悉的劳斯莱斯停在校门口。

倒霉，又是羽山甜。为什么那种大小姐总跟自己过不去？

车门打开，一只雪白小皮鞋落在地上，随后一个洋娃娃般的鬈发美人从车上下来——羽山甜，身价过亿的大小姐。

染熙藏在树后，想等大小姐进去后再出来。夜灵追到染熙，染熙急忙示意他噤声。

夜灵点点头，一副"我懂"的样子，大声说："我知道你想躲，但是这树太瘦挡不住你。你躲到花坛里面的圆形女贞树后吧！"

"……"

羽山甜扭头就看见染熙了，嘴角立刻泛起冷笑："染熙，你交男朋友了？你这种人居然能交到男朋友？"

染熙一把拉住夜灵的手："我怎么就不能有男朋友？"

夜灵说："对呀对呀！"

羽山甜笑容扩大，向染熙背后喊："辰光哥哥！"

染熙急忙转身，看见洛辰光就在身后。

他穿着西服式的校服，白皙的面孔不辨喜怒，淡茶色的眼睛看向染熙。

初夏阳光宛如利剑，把两人间劈成光影分明的世界。

洛辰光是光，染熙是他的影。

洛辰光的眼睛落在染熙和夜灵紧握的手上，染熙仿佛被那目光刺伤，难过极了。她恨不得双目失明，觉得这样就能逃离难过和被误解。

二 开不了口的喜欢

下午放学回家，夜灵跟着染熙进了卧室，他东看看西看看："善良的胖子，你的生活环境如此糟糕，快求本王实现你一个愿望吧。"

"我叫染熙，不叫胖子！"染熙大声说完，倒在床上，难得说不出话。

染熙从小就胖。不知从什么时候起，夸她肥嘟嘟真可爱的阿姨都不再夸她了。人人都瞧不起她，只有洛辰光不，他总是微笑："胖乎乎也很可爱啊。"

染熙觉得自己那么幸运，但羽山甜出现了。

这位大小姐像彗星一样划过她的世界，和她争夺洛辰光。洛辰光认羽山甜当妹妹，可人人都说他们在谈恋爱。

有一次，染熙留校帮洛辰光写作业，偌大的教室空荡荡的。她鼓足勇气问："那个，你喜欢羽山甜吗？"

"她是我妹。"洛辰光轻飘飘地说。

春风吹进教室，带着淡淡的花香。染熙脸红了，想问，那你喜欢我吗？但看见自己胖乎乎的手掌，她就失去了勇气。

她就是洛辰光的小跟班，替他值日、写卷子、跑腿买东西。她不敢奢求洛辰光的喜欢，和洛辰光当"哥们儿"，她已知足。

染熙躺在床上回忆往事，忽然夜灵说："看来你又不打算许愿，那本王回去了，你可不要想我哟……"

话音未落，房里已空。

想你个大头鬼，快走快走，走了最好，免得被洛辰光误会，最好走了再也别回来。

自从经历上次那件事后，在学校，染熙每次和洛辰光碰面，都低头走过。这天放学后，染熙收拾东西落在最后，洛辰光走来："你跟那个穿古装的家伙在谈恋爱？"

"没……没有，那家伙有病。"

洛辰光松了一口气。

染熙心里生出无数勇气和希望，她仰头看着洛辰光俊秀的脸，那些在舌尖百转千回的字就要说出来：

"洛辰光，我喜……"

"明天我哥们儿生日，你替我值日。"洛辰光拍拍染熙的肩膀，"我最讨厌女生矫情，还是你好，讲义气。"

染熙只好闭嘴，她要讲义气，不能太矫情。

能当洛辰光的朋友，已经是她高攀了。

星期天，染熙在家洗衣服，边洗边祈祷："老天保佑，千万别让夜灵出来……"

"善良的胖……小熙哟，是在思念本王吗？"

染熙眼前一闪，夜灵已盘腿坐在洗衣机上。他一手按着左膝，另一手支撑着下巴，姿态懒洋洋的。白色直裾袍无风自动，发髻间一根鲜红珊瑚，嘴角噙笑。

"你不要每次开场都这么惊悚啊，还有，你一个龙王非要住在破烂洗衣机里到底是闹哪样……"

"哎呀，这些小细节就不要在意啦。帮你实现愿望，才是本王存在的意义哟。"

　　"……"

　　夜灵继续贱贱地笑道："说嘛！"

　　"我想要洛辰光成为我男朋友……"

　　"呃。"

　　染熙抓狂："那你帮我减肥！"

　　夜灵凝视染熙好几秒，沉重叹气："我痛定思痛，觉得还是实现第一
个愿望吧。"

　　"……"

三 胖子追美男计划

　　夜灵给染熙支招：

　　第一招：胖子救美。

　　"待会儿，本王放出世上最恐怖的怪物攻击他。你只要保护了他，他
一定对你感恩戴德以身相许。"

　　"……"

　　染熙还来不及吐槽这不靠谱的计划，却瞅到洛辰光迎面走来。染熙立
刻被扔了出去，洛辰光皱起眉："你怎么在这儿？"

　　"我……哈哈……路过。"

　　"等等，你离我稍微远点儿，我怕邻居看见咱俩在一起，告诉我妈我
早恋。"

　　染熙有点儿失落，站在远处，担心即将出现的恐怖怪物。

　　"小熙，你不会跟踪我吧？"洛辰光说。

　　染熙紧张摇头，手伸进书包，摸啊摸，竟然摸到一个神奇的圆柱体东西，
她也没多想，只知道是夜灵给她的驱魔神器。

　　还有十秒，怪物就要出现了。

　　五秒、四秒……她心脏怦怦直跳，听不清洛辰光在说什么。

三秒、两秒、一秒！染熙大叫一声冲到洛辰光前面，气沉丹田腿扎马步，右手掏出神器高举过头："怪物，有种冲我来！"

一只花斑肥猫从墙头轻盈跳下，走到染熙身前，"喵"了一声，甩着尾巴走了。

染熙石化。

"染熙，你拿擀面杖干什么？噗！你还真是和别的女生不一样啊！"洛辰光说完，竟然忍不住发出一串爽朗的笑容。

染熙脸一红，赶紧扔掉擀面杖，跑了。

被洛辰光夸奖了哎！

回到家，染熙打开洗衣机大洗一通，把夜灵拽出来说要庆祝。夜灵有气无力地扒着洗衣机，龙角湿淋淋的，脸有血爪印。

"你脸上血印是怎么回事？都快毁容了。"一开口的话竟然成了这句。

"啊？这个吗？也许是被什么东西抓了吧。"夜灵嘴唇泛白，脸上却一副云淡风轻的样子。

看来不太严重。染熙也没在意，只是开心地一把拍向他肩膀，说："对了，你还有第二招吗？"

夜灵吃痛得嗷嗷叫，染熙吓了一跳，拽起他胳膊，才发现偌大袖口下面全是青青紫紫的伤口。

染熙突然心慌起来，将他拽到床上，拿碘酒棉签给他消毒。

夜灵的面孔完美无瑕，凑近看也没一个毛孔，淡淡的水香从他身上散发出来。

"哎呀，丫头你想弄死我，轻点儿。"夜灵嫌她笨手笨脚，夺过药瓶自己擦了起来。

接着，他又痞痞笑道："你放心吧，三天后保准他被你抓得牢牢的。"

染熙心里却有点儿堵堵的。

第二招：抓住他的心，先抓他的胃。

三天后，三文鱼寿司，烤北极虾，伊朗鱼子酱。

染熙拿着夜灵装在五块钱的塑料饭盒里的顶级料理，埋伏在洛辰光午餐必经之路上，直翻白眼。

想想夜灵将套餐递给她时，嘴巴一撇，说："为了你，我可是把我子孙都贡献出来了，这要是被我老爸知道，我非死即残啊。好了好了……别用那种感动的眼神看我，我得去补觉了。"说完，他爬进洗衣机。

正想着，染熙看见洛辰光慢慢走过来，她鼓起勇气把自己的塑料饭盒递出去。珍贵食材得来不易，她只有这一次机会。

却没想到半路杀出个羽山甜，羽山甜抢先一步，将一个精巧的日式便当盒放在洛辰光面前："辰光哥哥，这是人家亲手做的便当。"

洛辰光对她温柔一笑，打开便当盒，两人坐在长椅上。正午的微风吹过，两人共吃一盒便当。

那一刻，染熙突然盖起便当盒，扭头走了。

结果当天傍晚放学，洛辰光没等染熙同行先走了，大家说他坐羽山甜的车去了机场，两人旅游去了。

染熙一颗心忽然冷了。

便当做得再好也没用，她胖，永远胜不了羽山甜。洛辰光根本不会喜欢她。

洛辰光说过他最讨厌女生矫情，可是后来染熙才知道他更讨厌胖子。

为什么自己就是瘦不下来，染熙的眼泪止不住地流。

情场如战场，她已经输了。

回到家里，染熙忽然很孤独，想找人说说话。她反锁房门，黑暗中拼命将所有和洛辰光接触过的衣服扔进洗衣机，伴随着摇摇欲坠的滚筒声音和她的哭泣声，女孩那一句轻微的自问显得极其刺耳。

"我要是瘦下来就好了，洛辰光没准就喜欢我了。"

黑暗里亮起暖黄的光，两只发光龙角从洗衣机里探出来，随后夜灵钻了出来。

　　漆黑之中，他的脸孔闪烁着月下大海的光芒，衣服上那些明暗纹犹如有生命般流淌。

　　夜灵一脸疲惫，脸色好像比前几天更白了，不停地打哈欠。

　　"哟！善良的小熙，今天你还是一如既往的可爱。"

　　"夜灵，我要瘦下来……"

　　"呃……"

　　"是不是你也认为，我这辈子都不可能瘦不来。"染熙的声音说不出的绝望。

　　"你这样蛮可爱的啊。"

　　"但是他却和羽山甜去旅游了，你能带我去找他吗？我想最后看他一眼，就一眼。"

　　夜灵沉思了片刻，夜光龙角一晃一晃："这个目前对我来说难度有点儿大。"

　　染熙苦笑："那算了。"

　　染熙刚走到门口，突然腰身被人抱起，然后下一秒自己就纵身一跃，跳到窗外。

　　染熙闭眼尖叫起来，随即发现她没摔下去，而是在——飞。

　　风从她的脚底、指尖流过去，她像浸在温柔的泉眼里。

　　她抬起头，看见没有建筑物遮挡的夜空。

　　夜空浩瀚深蓝，星星那么亮，她在星空下飞。

　　"啊啊啊啊啊！"染熙大叫，"你带我去哪儿？"

　　"去你想去的地方啊。"夜灵痞痞地笑。

　　"喂！你不是说难度大吗？"

　　"本王又没说做不到！"

　　"那你离开洗衣机没事吗？"

　　"你到底去不去啦，这么啰唆！"

　　"去！但至少让我回家换睡袍，都走光了啊！"

　　"有吗？一团肉需要遮吗？"

"……"

（四）他就这样消失了

黎明时分，两人到达一座南方陌生城市。染熙穿着洗得发白的旧睡袍，脚踩塑料拖鞋。夜灵一身古装额头上俩龙角。

染熙羞耻极了，夜灵却看着她说："咱们这样蛮好啊，真实自然。"似乎一点儿都不在乎。

他们在市中心乱逛，夜灵吃完冰激凌喝奶茶，喝完奶茶吃鲍鱼，吃完鲍鱼吃棉花糖……

染熙心疼她的钱包，甚至一度怀疑夜灵他就是个小骗子。的确，他那么没正经的人，怎么可能帮他找洛辰光。

正想着，夜灵一个响指变出两张入场券，突然说道："到了。"

看起来是一家拍卖场。

呃，能变入场券，还花我的钱！染熙一脸怒气！

"变钱多麻烦啊。"夜灵一副很懒不愿做的表情。

可以更无耻点儿吗？

"哼，难道不是这样做会严重违纪，要受天谴？或者被你口中那个老爸带走。"染熙补刀。

"也对哦，给胖子变钱，的确很辛苦哎。"

"……"

两人走进拍卖场，坐在角落。此时正拍卖一块黄金珐琅腕表，一块牌子高高举起，喊价声似曾相识："十五万！"

洛辰光？

染熙不自在起来，洛辰光竟然为了羽山甜，买块十五万的表，要知道平时吃冰激凌都是染熙掏钱买的啊。

夜灵问："你喜欢表？"举起拍卖牌。

"喂，我们没钱！"染熙拽下牌子。

洛辰光以为有人抬价，继续喊价。

夜灵也笑嘻嘻地加价。

"八十万！"洛辰光和他杠上了。

"一百八十万。"夜灵说。

满场吸凉气，拍卖师激动地砸下锤子。染熙晕晕乎乎的，已经想象得到两人被判刑的样子了。

夜灵走到台上，接过拍卖师的麦克风，大声"喂喂"试音。染熙恨不得钻进地缝。

"我要把这块腕表送给全世界最善良的女孩，染熙。谢谢你让我度过人生最快乐的时光，现在我要和说再见了。因为我不想她哭和伤心。最后我想说一句，丫头，你的愿望就要实现了，你开心吗？"

拍卖师还没说出：染熙小姐，你愿意接受这位先生的礼物吗？突然舞台中央的少年，全身渐渐透明，最后在一阵炫目的灯光下，变成一串泡沫，飘上高空。

染熙惊慌失措，冲上前来，扑了个空。

"夜灵！"染熙撕心裂肺地喊。

她不敢相信地冲出门去，跑到每一家有洗衣机的地方，拼命摇晃，最后都被当作疯子赶了出去。

洛辰光抓着她，她冲他吼道："是不是只要回家，打开洗衣机，他就出来了。"

洛辰光有些不知所措。

染熙再也忍不住，眼泪涌出来，冲向机场。

回到 B 城，染熙一觉起来，发现自己瘦了，她看着镜子里那个苗条又美丽的自己，有些不可思议。

很快，她便成了全校男生追捧的新对象。可她并不快乐。

她把自己关在屋子里，每天盯着那台再也洗不动的洗衣机发呆。

所有人都说她疯了。

只有她相信，夜灵不会这么平白无故地消失。

染熙妈妈受不了家里放破烂，更担心她，劝她说："你也别难受，这洗衣机都十年寿命了，是该退休了。没想到你比我还念旧啊，确实，小时候在医院走廊里，你就经常拿着它洗洗东西的。"

染熙瞬间有种经脉被打通的感觉，怪不得之前总觉得这洗衣机无比熟悉。

她急切地问道："妈，这台洗衣机是从医院来的？"

"对啊！就是你小时候的那台啊！只不过我找人换了个壳。"

啊——染熙什么都想起来了。

十年前。

灰暗的走道里，染熙抱着一沓洗干净的床单正铺着，突然对着隔壁病床上的小男孩嚷道："哎呀，你怎么这么胖？能买到合适的衣服吗？"

小男孩别扭地看了她一眼，扭过头不理她。

"喂，你肯定是太胖，占桌子被同学骂了，才把你脸抓伤，来医院的吧！"小女孩继续补刀。

男孩眼里泪汪汪地嚷道："才不是呢！你讨厌！"

"真冷淡啊，不就是胖嘛，怕什么，我要是和你交换身材，我肯定没你这么自卑。凭着外表就欺负你的人根本就不配和你做朋友。"小女孩痞痞地笑道。

"你要和我换身材？"

"没错！"小女孩耸耸鼻子。说完，她抽走小男孩的床单，匆忙地往外跑。

"等等……可是我以后上哪儿找你啊。"小男孩怯怯地喊道。

走廊上响起染熙嬉皮笑脸的声音："妈，你真冤枉我啦。我没有偷懒啦，每天都在洗衣机旁，而且我要待洗衣机旁一辈子，帮您洗一辈子衣服哟。"

待一辈子的地方，以后就能很快找到了吧，小男孩默默记在了心上。

入夜了，染熙眼泪止不住地流。她气得捶打那个怎么也修不好的洗衣机。

原来小时候曾经遇见过他，和他赌气开玩笑，结果神明看到了赌约，竟然让两人交换了身材，所以她才会一直胖着。怪不得一开始她说要减肥时，他就说这个愿望难度过大。

因为她瘦下来，就注定他消失啊。

难道这就是因果循环，有舍有得吗？

染熙大骂道："你个蠢货！谁要你还愿，我当胖子又如何，要你管！"

后来，她去了陌生城市上大学。一天路过桥边，她的手机不小心掉进河里。

水面涌出金光，夜灵飞到桥上："善良的染熙哟，你丢的是这部金手机，还是这部银手机，还是这部进水的坏手机？"

染熙惊愕地张大嘴，看着面前胖成一朵奇葩的夜灵。

"停！看你这样子就知道你想问很多了！本王告诉你吧。你真的不能怪本王，那次不是帮你做菜把子孙给炒了吗？我被我爹关了整整一年，后来我为了找你，可辛苦啦，你看我这身材，根本就钻不进去你家洗衣机了嘛，所以我就只能循着你的气息不停地找……嗯，我吃了你吃过的棉花糖、糖醋里脊、油炸丸子……"夜灵继续没心没肺地掐着手指说自己的经历。

"夜灵！"染熙再也止不住思念地吼了出来，却没发现眼泪自觉地流了下来。

夜灵停止卖萌行为，走过去擦干她的眼泪，笑道："丫头，别哭，我回来了！"

无论变成什么，我都会把你找回来的。

◈一帘咸鱼翻身来◈

◆文/言言夫卡　◇图/叮咛叮咛、龙德红鸾

你这个浑蛋！快放我出来！

　　碧波粼粼，水光潋滟，水晶宫静静地坐落在海底，遍体晶莹剔透。躲在水草后面的宁诺皱起眉毛——如果她有眉毛的话。

　　"臭咸鱼，你怎么躲在这里？"一只大龙虾狞笑着爬了过来，顺着她的目光望了过去，"难道就凭你也想进水晶宫？哈哈哈哈，笑死我了，就你这一身咸鱼味，还没进去只怕整个水晶宫的人都要被你熏死。"

　　"自然是比不得你皮糙肉嫩美味佳肴。"宁诺不冷不热地回应道。

　　大龙虾眼前顿时浮现了自己被蚕食的同类，眼眶一红，举起钳子就要向宁诺下手！

　　一道激流猛地涌来，宁诺死死地扯住水草才让自己没有被卷走。她再抬起头的时候，大龙虾已经被冲到不知道什么地方去了，面前取而代之的是一张俊逸的面孔，英气勃发的少年一把拎起了她的尾巴："真是稀奇，这是已经煮熟放臭了的鱼吗？"

　　宁诺被他气得眼前一黑，破口大吼道："你才煮熟放臭了！我是咸鱼！咸鱼！"

　　"居然还会说话，真是有趣。"少年捂着鼻子嘻嘻一笑，顺手将她困入了透明的结界，捧在了手心，"用你去臭一臭洁癖男，他肯定气得跳脚。"

　　宁诺拼命冲撞结界无果，又气又急："你这个浑蛋！快放我出来！"

　　"你这小臭鱼，脾气还不小。"少年屈指弹了一下结界。宁诺顿觉一股大力涌来，刹那间头晕目眩，浑身都变得软趴趴的使不上力气。她隐约惊悚地看到少年大摇大摆地走进了水晶宫，英武的虾兵蟹将屏息凝神毕恭毕敬地对他行礼，口中高呼着的是——

墨空皇子？！

二 你老实告诉我，南海公主真的不是你藏起来的？

你们这种幻化自如的大仙，就不要来折磨我一只小小的咸鱼啦！

宁诺噘着嘴躲在花丛后面，墨空的眼角不断地传来讯号，让她加把劲地散发臭气，她又不是墨鱼，怎么可能那么收放自如！

"大哥，多日不见如隔三秋，近来父皇那边事情很多，真是辛苦大哥你了。"墨空扯着不能再假的笑容。

从宁诺的角度看过去，大皇子墨天果真全身上下一尘不染，一身白衣飘然若仙地端坐在那里，秀逸出尘，与一身张扬紫衣的墨空形成了鲜明的对比。墨天优雅地品了一口茶，应道："墨空，你老实告诉我，南海公主真的不是你藏起来的？"

"我连见都没见过她，干什么要去藏她？"墨空跷着腿，毫不掩饰地翻了一个大白眼。

"我知道这门婚事你很不满意，据说那南海公主性格娇纵任性，动不动还特别爱掉眼泪，可她偏偏是个大美人儿，一哭起来任谁都会心碎。不过依你的性子，指不定做出什么事情来。"墨天叹了口气，语重心长道，"咱们东海南海向来交好，联姻也是惯例的传统，你再不情愿也是没有用的。只是眼下这南海公主突然失踪，南海上下一片混乱，你倒是可以稍微松一口气了。"

"松一口气啊……"墨空动作夸张地吸了一口气，猛地皱起了脸，长袖一拢，就把宁诺重新收回了结界里，"大哥，你有闻见什么味道吗？"

墨天微笑着看向他："空空啊，每次你来我都会自动闭气的，难道你不知道吗？"

说完，巨大的水流喷射而出，直接把墨空甩了出去，他飞走之前还不忘捎上结界里的小咸鱼。

三 等等！那边是禁区！你不可以进去！

水晶宫上下近来最大的趣闻便是，顽劣的小皇子墨空对一条不知来路却奇臭无比的小鱼儿上了心，诸位少女拧着眉毛说墨空重口味的同时，却不约而同都悄然红了眼睛。

墨空可是这东海中最后一位未婚的适龄王子，若是他的口味变得如此奇特，那想要攀龙附凤的众鱼女们自然也是要顺应潮流——变那么一变。

墨空一脸杀气地走进内殿，宁诺皱了皱眉，向来闻不见味道的她，竟然闻到了一阵强大的恶臭！她猛地抬头看向墨空，向后躲了躲，大喝一声："你不要过来！"

"怎么了？"墨空拧眉。

"你好臭！"宁诺昂首挺胸，终于也有这么一天让她去嫌弃别人了！

墨空的脸黑了黑："自从我把你带回来以后不知怎的，这世界上的女人都开始散发出各种各样的臭味，我原本以为你已经是最臭的了，没想到比起她们，你还是很香的。"

"我就知道！"宁诺被他一夸，得意地挥舞着小鱼鳍。

顿时，一股恶臭源源不断地传了出来，念及这几天的遭遇，墨空的面部表情更加扭曲，他捏着鼻子看着宁诺，终于下定了决心："我要把你扔回去。"

宁诺被丢出水晶宫的时候，直接一头栽进了沙子里，半晌才拼命挣扎出来，她一边暗骂着墨空的小心眼，一边拍了拍身上的沙子。

"哟，小臭鱼，几日不见，你跑去哪里了？"龙虾挥舞着钳子逼近她，"我可是在这里等了你好几天了，你竟敢调侃你虾爷爷我！"

宁诺还没从被墨空扔出来的阴影里康复，自暴自弃地迎上虾钳："我就要调侃你，听说龙虾在陆地上市场分外好，一斤能卖无数两银子，被摆上餐桌的大龙虾被一点一点割开吃掉……"她说着说着突然抽泣起来："好牙也能被吃掉，像我这种家伙连进垃圾场都会被人嫌弃臭……我不要活了！"

龙虾愣了愣："被骂的人可是我，我还没哭，你哭什么？"

"你连哭都不让我哭！"宁诺闻言更加难过，啜啜泣泣地向着远方游去，"我不要活了……我不要活了……"

"喂……回来……我……我跟你开玩笑的！"龙虾挥了挥钳子，看着她的身影消失在远方，他挠了挠头，突然想起了什么，惊恐地瞪大眼，"等等！那边是禁区！你不可以进去！"

（四）三日之内若是拿不回来，就会毒发身亡哦。

宁诺边哭边游，等她哭累了，再抬起头的时候，被眼前的一幕惊呆了。

茂密丛生的深墨色水草几乎将一整片海域都染成了浓稠的色彩，遮天蔽日一般透不进光线。而她来时的路早已被水草遮盖，宁诺颤颤巍巍地拨开一片水草叶子，看到的却是连绵不断更多的水草林。

"这……这是哪里……"她结结巴巴地自语道，随即试探性地拔高了声音，"有……有鱼吗——"

回应她的是一片寂静。

"有鱼吗——"状着胆子，宁诺随便向着一个方向小心翼翼地游去。

在她拨开下一片水草的时候，一张脸猛地浮现在了她面前！

"啊啊啊啊啊——救命啊！有鬼鱼啊！"宁诺被吓破了胆，转了个身尖叫着就要逃跑。

然而，她的尾巴被轻轻松松地提住了，任她怎么用力都无法挣脱。

"好臭的鱼。"一道年轻迷人的嗓音响起。宁诺惊恐地转过头，却见一头深蓝的长发飘散在水中，那人浑身都被污泞的水草缠绕着，只露出一张妖异的脸庞，那殷红的唇正扬起一个愉悦的弧度，"好久没有生物来这里了，你这小臭鱼倒是胆大。"

"我……我迷路了……"宁诺吓得发抖，"你又是谁？"

"我是墨年。"他似乎丝毫不怕宁诺身上的味道，还饶有兴趣地闻了一闻，"你认识墨空？"

"你怎么知道？！"宁诺一惊，随即矢口否认，"谁认识那个小心眼又任性的浑蛋！"

"难怪你身上有股他的味道。"墨年仔细端详着她，突地发现了什么似的，轻咦了一声，随即眯起了眼，"既然你认识墨空，不如帮我一个忙。"

"都说了我不认识他！"宁诺叉腰怒道，"你又怎么认识他的？"

"别忘了我的名字里也有一个墨字。"墨年笑笑，"你去从墨空身上拿来燕魂珠，否则我就杀了你。"

他的声音曼妙轻柔，却渗着丝丝冷意，宁诺打了个寒战："我是被他从水晶宫扔出来的，不会再有机会接近他了。"

"不，他的品位没有谁比我更清楚，你会接近他，并且比任何一只鱼都接近他。"墨年伸出一只手，切断了自己的一截发梢，深蓝的发顿时化作一团氤氲渗入了宁诺的周身。宁诺惊异地看着自己的身体，墨年狡黠道，"三日之内若是拿不回来，就会毒发身亡哦。"

"浑蛋！为什么你自己不去拿！"宁诺被强大的水流冲得尖叫起来。

"自然是因为我被困住了，否则这海底能有谁奈我何？"墨年的冷笑声寸寸渗入宁诺的周身。

她苦着脸望着不远处万丈霞光戒备森严的水晶宫，眼中溢出了浓浓的哀怨。

墨空你这个浑蛋！自从接近你的那一天起，我就没有遇见过一件好事！

五 你可以留在我的身边吗？

"小臭你在这里！"惊喜的声音从上方传来。宁诺满身杀气地抬头，却见自己要找的人竟然远在天边近在眼前。墨空一把捧起她，笑容灿烂，"你还活着真是太好了！"

"放开我！"宁诺被他摇得头晕目眩，"再不松手我就真的要死了！"

天旋地转过后，宁诺发现自己又回到了水晶宫的小结界里面。而墨空正目光炯炯地看着她，欲言又止。

"干吗？"她没好气道。

"那个，把你扔出去是我不对。"墨空挠了挠头，似乎是第一次向谁道歉，结结巴巴地，"那天，你走了以后我就觉得全身都不太对劲，早上醒来空气里没有熟悉的气味，也没有人和我一起吃晚餐，更没有人会每天都不烦我地跟我斗嘴说话。小臭，我才意识到我的生活里不能没有你……你不在的这些天我一直在找你，还好找到了！"

宁诺目瞪口呆地看着他，她第一次知道向来笑容灿烂、爱恶作剧的墨空，竟然也会觉得自己很孤单，而她也渐渐感到自己沙拉色的脸正在迅速涨红。

少年带着诚恳别扭表情的英俊面孔在她眼前迅速放大："你可以留在我身边吗？"

"你不嫌弃我了？"宁诺不可置信，含羞带怯，"我这么臭，你……"

"不嫌弃不嫌弃。"墨空笑吟吟地挥手，"其实说不定你好好儿洗个澡以后会变香的。"

拜托，我每天都在水里泡着，难道还需要洗澡吗？

兴许是宁诺的白眼翻得太明显，墨空尴尬地补充道："又或者变成人以后也会是天仙美人儿也说不定呢。"

"明明你自己也不相信吧……"宁诺摆了摆身子，"我可以答应你，但是你要答应我一件事情。"

"别说一件，十件都可以！"墨空信誓旦旦。

"把燕魂珠给我。"宁诺大摇大摆地伸出手。

墨空的表情瞬间变了："你怎么知道燕魂珠？"

"道听途说的啦，只是听说很好看，所以想拿来看看。那是很重要的东西吗？"宁诺看到他的表情，立刻意识到情况不妙，马上改口道。

"原来如此。"墨空并没有多做怀疑，拎着她便向着水晶宫深处走去，"那是水晶宫最重要的宝贝之一，现在归我保管，却千万不能有失，否则责任很是重大……"

两人的身影消失在长廊尽头，廊柱后面，白衣翩翩的墨天转了出来，他若有所思地看着两人离开的方向："来人，给我查清楚这只咸鱼的底细！"

"是！"

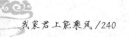 **为什么一颗珠子都要比她大那么多！**

这一次回来以后，墨空似乎比以往忙碌了许多，向来开朗的眉眼之间也多了几分烦躁。宁诺照了照水镜，发现自己原本沙拉酱色的身体竟然开始诡异地泛蓝，但转眼看到这样愁思万丈的墨空，她到嘴边的话又咽了回去。

"小臭啊，你要是修为够了能化成人多好。什么南海公主，我才不稀罕。"墨空用一根指头拨弄着她的尾巴，"要是你能变成人形，再丑我都娶你。"

宁诺抬头看向他："为什么呢，难道你喜欢我？"

墨空哈哈大笑起来："小笨鱼，你以为除了我，还有谁能忍受你的味道吗？"他突地想到了什么似的，一把将她拎起来放了肩头，"我带你去看燕魂珠，你不是一直都想看的吗？"

宁诺一路忐忑，她在心底默默地记着来路，廊腰缦回，他们终于停在了一处不起眼的小屋前。

隐约有湛蓝的光芒从屋内迭次散出，墨空推开门，却见一颗琉璃般的珠子悬浮在半空中，晶莹剔透。宁诺望着那颗宛若海洋之心的珠子，默默地对比了一下它的直径和自己身体的大小，终于颓败地放弃了。

为什么一颗珠子都要比她大那么多！

"小臭，这可是我们东海的镇海之宝，它不仅让这一片的海域都能够风平浪静，更是封印了一个人。那个人凶神恶煞、诡计多端，你可千万……"墨空的话突然停住了，他看向宁诺的表情也变得奇异，他瞪大眼，举起宁诺，喃喃道，"你好美。"

宁诺左顾右盼四下无人，这才诧异道："你在说我吗？"

虚空浮出一个绝美的人影，海藻一般的金色长发游弋在水中，水蓝色的长裙飘散开来，细腻精致的五官宛若从画上走下来的人儿一般惊艳。然而，那个画面只是一闪而逝，墨空却被震撼到久久回不过神来。

等到宁诺反应过来，墨空已向她倾身过来。

只是蜻蜓点水一般地轻触，宁诺却觉得自己浑身都在颤抖，心跳的速度越来越快，越来越快。终于，她向着虚空连翻了两个白眼，幸福得昏死了过去。

七 她身上的毒转移到了墨空身上！

"小臭，醒醒，小臭。"连续的面部击打传来轻微的痛楚，宁诺迷迷糊糊地睁开眼睛，却对上了一张大蓝脸，她尖叫一声，细细看去，这才发现面前的人竟是墨空！

"你怎么了？"她惊恐地指着墨空的脸。

"啊，从刚刚开始就是这样了。"墨空无所谓地挑了挑眉，"也许是对着燕魂珠的时间长了，所以一时之间没有恢复过来吧。"

宁诺却是宛若雷击一般，她游到水镜前打量了一番自己，再回首看看墨空，终于确定了一件事情。

她身上的毒转移到了墨空身上！若那中毒的人是她，那么即便死了也是不要紧的，可是那人是墨空……

无论如何，她都要把燕魂珠弄出来！

夜色四合，四野无人。一尾融入夜色的小咸鱼从门缝里溜了出来，七拐八拐向着回廊深处游去。

广阔的海域中，她的身体在慢慢变大，自己却浑然不知，然而动作却依然那么灵活优美，她小心翼翼地推开屋子，四顾无人，一把抱住燕魂珠就冲了出去！

"墨年，你给我出来！墨年！"她游入墨黑密集的水草之中，大声喊着，"快把解药给我，我把燕魂珠给你带来了！"

身侧的海草猛地涌动分开一条道，妖娆的面孔骤然出现在她的身侧。墨年笑意盎然地看着她："我就知道小咸鱼长大了也是个美人儿，真是没让我失望。"

一直处于高度紧张状态的宁诺这才反应过来，白天还觉得巨大无比的燕魂珠，竟然就这样被自己握在了手里，等……等等，握……在手里？

她讶异地低下头，却见金色的长发飘散在胸前，凝脂一般的肌肤和修长的双腿赫然在目。她……竟然在不知不觉中幻化成人了！

她愣愣地抬起头，从墨年的眼中看到了自己的倒影，这才反应过来，猛地蜷成了一团："你看什么呢！"

"啧啧，小咸鱼害羞了呢。"墨年挑眉笑道，"我可是什么都看到了哦。"

宁诺正要发怒，一道潜流却猛地袭来，白衣胜雪的墨天猛地出现在二人面前："我就知道你心怀不轨！刻意接近墨空便是为了救他出去吗？"他愤怒地盯着宁诺，"连衣服都不穿，真是不知羞耻！"

"我……"宁诺被他一顿劈头盖脸地训斥，讪讪地咬住了下唇，一时之间不知道如何解释才好，抬头却见墨空破开水草，急掠而来。

"把解药给我！"宁诺见到墨空连手臂上都带了蓝色，才反应过来，扯着墨年急急喊道。

岂料墨年挑了挑眉："什么解药？"

宁诺恨不得给他一巴掌："你给我下的毒转移到墨空身上了！快给我解药！你当时说好了的，我给你燕魂珠你就给我解药！"

那这个凶神恶煞诡计多端的死家伙到底是谁？

"狡辩。"墨天冷冷地插进来，"墨空身上那是燕魂珠照过以后的颜色，谁不知燕魂珠有以毒攻毒的效果，他贸然进入，自然是中毒了。"

他转头看向墨空："看清楚了，你看上了怎样一个可怕的女骗子！"

宁诺愣了愣，摊摊手，燕魂珠幽蓝色的光芒在她掌心流转，她仿佛突然明白了什么，转头看向墨年："所以那时你给我下毒以后，本就没希望我能拿回燕魂珠。若是我真的拿到了，那么自然可以解毒，皆大欢喜，如果我没有，就会被自然毒死？"

墨年拍拍她的肩，大笑道："无论怎么样，你已经替我拿来了它。"

宁诺脚底蓄力，在墨年接近的刹那瞬间弹开，顷刻间她的全身似乎笼罩了无穷的力量，竟让一整片海域都颤抖了起来："墨年！你无耻！"

却见一道熟悉的影子急掠过来，墨空拿着一件衣服猛地盖住了她的身体，一手捂着冒血的鼻孔："傻小臭，我怎么会怀疑你呢，快把衣服穿上，别着凉了。"

宁诺急忙裹住身体，怒气冲冲地朝墨年吼道："那这个凶神恶煞诡计多端的死家伙到底是谁？"

"他是东海龙宫曾经的继承人，等不及即位所以谋杀了上一任的宫主，被擒住后以四海之力镇压在了这里。除非集齐了四海的元素他才能脱困，之前他已经骗到了北海和西海的信物，只差南海和东海，现在东海的燕魂珠也被他骗到了，可恶！"墨空攥紧拳头。

"非也，非也。"墨年笑得妖媚横生，"南海的信物我也到手了哦。"

"你在说什么？"宁诺拧着眉没好气道。

墨年狭长的眼中带着精光："南海的小公主自然是再好不过的信物了，你们说是不是呢？"

话未落音，海边远远传来一片怒喝："放开公主——"

九 快醒来吧，我的小公主

"小公主，你骗得我好苦。"墨空护着宁诺站在战局外，看着虾兵蟹将蜂拥而入，刹那间刀光剑影一片混乱。

"居然能想到变成咸鱼这个办法，说起来我早就该想到的，海里哪里有咸鱼这个品种？那明明就是一道菜吧？"

"我……我……"宁诺怯生生地看着他，"我不是什么公主……你们是不是认错人了？"

"还装……"唇畔却传来了柔软的触觉，她隐约感到四野战火弥漫，然而她却只能听到他低声的呢喃。

"如果咒语是我爱你的话，那么快醒来吧，我的小公主，我爱你。"

她心底猛地抽动，仿佛有什么东西刹那间破土而出。

十 准备好要嫁给我了吗，小咸鱼？

水色如同无尽的幻象，斑驳出绚烂的影子，水汽氤氲。宁诺再次睁开眼睛的时候，终于回忆了起来。

她便是墨天口中那位"性格娇纵任性，动不动还特别爱掉眼泪，可她偏偏是个大美人儿，一哭起来任谁都会心碎"的南海公主。

她咬着手帕反思了一下墨天所说的话，觉得他的总结十分万分的有道理。

先是在听到自己要与东海那处处留情的混小子订婚的消息后准备离家出走，随即又被自己的妹妹刺激说，自己只是靠着这一张绝美的皮相才能坑蒙拐骗。于是，她一气之下与其打赌说，自己哪怕变得很丑，也可以博得墨空的真爱。天知道自己当时有什么样的勇气，竟然为了逼真而服下了失忆药丸，更是化作了一条奇思妙想的……咸鱼。

而解咒的方法竟然是恶俗的亲吻加告白！

这天底下还有比她更加任性娇纵无理取闹的人吗？这样一场闹剧最后竟然演变成了四海动荡，她简直可以被称为事儿精！罪孽深重！

宁诺无力地扶着额头，望向床头沉沉睡去的墨空，她想了想，抬手把自己的头发和他的头发打了一个结。

感觉到她的动静，墨空猛地抬起头，拽得宁诺头皮发麻，眼泪瞬间扑闪扑闪地掉了下来。

墨空立刻慌了神："哎，你别哭啊，你还是个小咸鱼的时候我就受不了你哭，现在这样更不行啦……"

"你不嫌我任性吗？"宁诺抽抽搭搭，泪光闪闪，楚楚可怜，"如果不是我，也不至于惹出这么大的麻烦来。"

"墨年已经重新被封印啦，四海平静了这么多年，也该是时候稍微紧张一下啦，不怪你不怪你。"墨空摸摸她的头，笑得两眼弯弯，"比起那个，倒是你……准备好要嫁给我了吗，小咸鱼？"

宁诺的眼泪急刹车，她转了转眼珠："以后我可能还会变成比目鱼沙丁鱼三文鱼食人鱼……"

"变成咸鱼我都能爱上你，更何况其他呢。"墨空牵起她的手，"无论变成什么，我都会把你找回来的。"

"哪怕奇丑无比？"

"没有什么比烤熟的咸鱼更丑的了。"

"哪怕全身恶臭?"

"没有什么比咸鱼更臭的了。"

"墨空浑蛋!你才丑!你才臭!"

······

扫一扫看更多图书番外,作者专访

经典重温

上篇

　　赤桀几乎是在电光石火间抱起了骨小容，破窗而出。赤桀的臂弯比人类的要有力得多，却在护着骨小容时，刻意柔缓了许多。那是骨小容这哀戚人生中第一次感受到的，叫作温柔的东西。

——《龙争骨斗》

　　他们都知道她会回来，也都在等待着她的归来。一个为了王位，一个为了相守。她忘记了她最不应该忘记的人，然后亲手让他喝下了最致命的毒。

——《绯丽古堡夜》

　　"暮烈曾说，倘若他还有机会重见天日，要做的第一件事，便是杀了我。"暮邪淡淡地说，"所以你快走吧，唐米璐，不要被牵连……""我不走！我是唐族传人，我或许没能力打得过他，可总有能力保护你！"

——《男神变成汪》

　　而被关在实验室的云曲正气呼呼地趴在水箱底下，他鼓着腮帮子，双眸中像是有两团火在烧：被深海之珠所选的新娘必定是和他可以共度一生的，云曲也以为楚夏将会是那个人，可是……她和别人，终究没什么两样。

——《拾我之珠，娶我为夫》

　　我想起来了……几个月前，我养了条人鱼，冰箱里的罐头是给他吃的，后来他离开时同我说，他要去找女巫变成人，等他回来时我一定会记得他。"小爽，他看过来了耶，快看快看。"我对上他的视线，他笑着朝我缓步走来。他叫，琥珀。

——《我爱洗澡尾巴好好》

　　便当做得再好也没用，她胖，永远胜不了羽山甜。洛辰光根本不会喜欢她。洛辰光说过他最讨厌女生矫情，可是后来染熙才知道他更讨厌胖子。为什么自己就是瘦不下来，染熙的眼泪止不住地流。情场如战场，她已经输了。

——《洗出一只男神来》

白月的余光扫到窗户边，一道银色的身影一闪而过。白月忽然明白了，也许无声无息，但其实，你正被这个世界温柔地爱着。

——《神官大人快救命》

"辛西娅？"他快速走过来揽起我的身躯，眼里夹杂着爱与恨的复杂感情。"辛西娅！"他试着想唤起我。我想开口，但已经没有力气了。我们都在自责中受到了惩罚，互不相欠了。可我们已经回不去了……

——《咬一口苹果好悲伤》

"变成咸鱼我都能爱上你，更何况其他呢。"墨空牵起她的手，"无论变成什么，我都会把你找回来的。""哪怕奇丑无比？""没有什么比烤熟的咸鱼更丑的了。"

——《一爷咸鱼翻身来》

泥人原本都是伴随着爱出生的精灵，充满了爱，宁静，祥和。可是因为自私，贪婪，泥精们变得凶狠，残暴。这样的生命有什么意义呢？我不要我的孩子变成这个样了，我只要他健康可爱就好，哪怕他根本活不长久！

——《永无岛有泥人祭》

龙雷逆天，一般用在改变人的命格时候，只有龙灵之王才能请动，却也有极强的反噬作用。司久拓，也只用过两次，第一次献出了自己一只翅膀，让苍阙失去了那些可怖的记忆，这一次，献出了自己的一尾，再让苍阙忘记那些痛苦。

——《找到你了，司久拓》

下篇

撞击冰墙的拳头溢出殷红的鲜血，我看到米修的口型在说："别放弃，我知道你能行。"

就连我自己都不相信我能行，然而一直以来对我冷眼相待的米修，他竟相信我。这一刻，本应该对死亡感到恐惧的我，心里突然蔓延出一丝暖意。

——《魔法师会发光了不起哦》

/247